温乔入我怀

下

请 叫 我 山 大 王 —— 著

目录

第 18 章
宋时遇的女朋友
1

第 19 章
醉酒
14

第 20 章
"你能不能不要对我这么好啊?"
32

第 21 章
一家三口
43

第 22 章
融化的是她的心
56

第 23 章
"嗯。我还在等她。"
75

第 24 章
校友会
87

第 25 章
不要后悔
100

第 26 章
"我的心永远和我的理智
背道而驰。"
112

第 27 章
"我希望我自己能堂堂正正地站
在你身边。"
123

第 28 章
爱屋及乌
135

第 29 章
"奶奶,我谈恋爱了。"
147

第 30 章
见家长
159

第 31 章
求婚
171

第 32 章
订婚
183

第 33 章
酒后
197

第 34 章
十一月三号
210

第 35 章
"我人生中所有的幸运都用来
遇见你了。"
222

第 36 章
捧星
234

第 18 章
宋时遇的女朋友

温华机灵,一见势头不对,从店里溜了出来,横插进三人间,对温乔说道:"温乔姐,店里忙不过来,你快过来帮忙吧!"

温乔感激地看了温华一眼,配合着说道:"好,那我先进去忙了,你们坐下喝杯水吧。"说完就赶紧溜进了店里。

宋时遇和邵牧康显然都没有要坐下喝水的意思。

邵牧康把手里的外卖袋交给温华:"这是温乔打包的菜,你提进去吧。"

温华说道:"好,你们坐,我去给你们倒水。"

"不用了。"邵牧康对温华说道,然后转向宋时遇,淡淡一笑,"学长,我们去喝一杯吧。"

他们走后,温华拎着打包袋回到店里,对温乔说道:"温乔姐,时遇哥跟你同学一起喝酒去了。"

温乔"啊"了一声,十分惊讶,走出店面果真就看到了宋时遇和邵牧康一同离去的背影,一时间觉得有些荒诞。

"温乔姐,原来你是跟他去吃饭啦?"温华凑过来问道,"他是不是也在追你啊?"

温乔又好气又好笑地瞪他一眼："别胡说，就是同学。你们现在的年轻人怎么回事，只要是一男一女就能配上对。"

温华吐了吐舌头。他就是觉得时遇哥和邵牧康两个人站在一起的时候特别有火药味，就是那种情敌见面分外眼红的感觉。

温乔在店里，也没太多事情做。多数时间是在旁边监督一下刘超，他还不是特别熟练，火候掌握得不是很到位，温华没那么忙的时候也会在旁边指导他。不过烧烤这个东西，只要食材好，再加上料刷对了，火候只要不是差得太多，味道差别不大。

又过了会儿，贺灿过来把平安带去隔壁玩了。

温乔拿起手机打开微信，看到她和宋时遇的微信聊天记录还停在睡午觉之前宋时遇发的那句午安，她犹豫了一下，还是按灭了手机。

✷

晚上十一点。

温乔的手机突然响了起来，她看了一眼，是黎思意的语音电话。她有些意外，走到后面的洗手间外才接起电话："喂，思意？"黎思意那边的背景音很吵，有很大的音乐声，听起来像是在酒吧。

黎思意的声音很焦灼："温乔，你现在快点过来我这里一趟吧！宋时遇一直在喝酒，我们都拦不住，你知道他胃不好，再这么喝下去就要进医院了——"

温乔皱紧眉："他在哪儿？"

黎思意说道："在我店里，我把地址发给你，你赶快过来。"

温乔说道："好。"

第 18 章 宋时遇的女朋友

黎思意说道:"那我先挂了。"

电话挂断,黎思意很快发来一个地址。

温乔知道这个地方,就在前面的酒吧一条街,离她的店也就八百多米。

温乔跟温华他们交代了一声,只拿了手机就出门了。

✦

X 酒吧,二楼 VIP 卡座。

姚宗看着黎思意挂完电话发完信息,简直叹为观止:"黎思意,你牛啊!你这演技,不进娱乐圈演戏真是娱乐圈的一大损失。"

黎思意撩了下头发,"喊"了一声,微挑的眉梢难掩得意。

而另一边,坐着和黎思意那通电话里的描述截然相反的、清醒冷静的宋时遇。

黎思意说道:"温乔应该马上就到了,我下去接她一下。"说完拿着手机起身,摇曳生姿地走了。

姚宗啧啧两声:"你瞧瞧,还是女人有心机啊。"

宋时遇问:"你怎么还不走?"

姚宗一脸不敢置信,愤愤道:"宋总,这是我的酒吧,你居然赶我走?"

宋时遇点点头:"这座我订了,你可以走了。"

姚宗:"别啊!"他还想留下来看好戏呢。

宋时遇:"滚。"

姚宗:"……"

✦

温乔远远地就看到黎思意正站在 X 酒吧的楼下等着,看见她后,向她招了招手。

温乔过了马路，走了过去。

黎思意挽住她的手："快上去吧。"

温乔觉得怪怪的，感觉黎思意像是怕她跑了似的，被带着上了几个台阶，她才想起来问道："就宋时遇一个人吗？"

黎思意说道："对啊，他一个人来的。"

大概是邵牧康先走了吧，温乔这样想着，被黎思意带进了酒吧。

这是温乔第一次来酒吧。因为是周末，虽然快十二点了，酒吧里人还是挺多的，灯光炫目，音乐震耳，身边过往的都是洋气热辣的年轻男女，对温乔来说仿佛是另一个世界。

温乔四下扫了一眼，才发现这家酒吧比她想象中还要大，她没有投资概念，但是猜想着，要在这种地方开一家这么大的酒吧，估计要上千万了。这居然是黎思意的酒吧，难以想象。

黎思意挽着温乔往楼上的 VIP 区走。

刚到楼上，迎面一个年轻男人突然拉住了黎思意的手臂，眼神带着笑在温乔身上打量："思意姐，这妹子谁啊？"

温乔今天晚上为了去外面吃饭，穿了条浅色的棉布连衣裙，虽然素面朝天，但皮肤白净清透，嘴唇带着自然的樱红，一头黑发柔顺地披散下来，拢在耳后，更显得一张脸标致清秀，看着像是个二十二三岁的年轻女孩。

酒吧里见多了妆容精致的女孩，绚丽的灯光下突然出现这么一张白净素淡的脸，冷不丁地叫人眼前一亮。

年轻男人显然是跟黎思意相熟的，不然也不会这么贸贸然地抓她的手臂。

第 18 章 宋时遇的女朋友

黎思意拍开他的手,没好气道:"跟你没关系的人!"

周锦年"哎"了一声,然后直接对温乔说道:"妹妹,加个微信吧?"他长得好看,笑容大方,并不叫人觉得反感。

温乔见是黎思意的朋友,一时有些无措。

冷不防,她被黎思意松开的那只手臂被横插过来的一只手握住,然后那人一用力,她就被拉了过去,撞到了人家怀里。

温乔心里一惊,抬头一看,是一身寒气的宋时遇。

周锦年看到突然出现的宋时遇,顿时结巴了一下:"时、时遇哥。"

黎思意忍笑。

宋时遇淡淡问:"你刚刚叫她什么?"

周锦年脸都涨红了:"时遇哥,我不知道她是你女朋友,我错了。"

听到这句话,宋时遇冰冷的表情缓和了几分。

黎思意扑哧一声笑出来,搭了他的肩膀说道:"别紧张,不知者不罪,不过你不应该叫妹妹,你得叫姐姐,人家温乔大你两三岁呢。"

周锦年惊讶地看了温乔一眼,触到宋时遇冷森森的视线的时候又一秒变怂,冲着温乔卖乖:"姐姐好。"

温乔有点尴尬。

黎思意拍了拍那男人的肩:"去玩儿吧。"

周锦年如蒙大赦,跟宋时遇打了声招呼就立刻下楼去了。

一下楼,他就拿出手机打开微信群:"时遇哥谈恋爱了!我刚刚在 X 酒吧撞见了他跟他女朋友!"

原本寂静的微信群一下子沸腾了。

四五路梁朝伟:"真的假的?"

南风:"宋时遇的女朋友?长什么样?"

酒窝:"快偷拍一张让我们瞻仰一下是什么样的仙女!"

句号:"等图!"

周锦年低头打字:"我还跟她搭讪了!结果时遇哥正好过来,差点把我吓死!溜了溜了。"

酒窝:"别溜啊!拍张照给我们看看啊!长得怎么样?是不是超级大美女?"

四五路梁朝伟:"锦年都跟人家搭讪了,肯定是美女啊,还用想。"

周锦年想了想,打字说道:"很难形容,不算大美女,是看着很舒服的类型。"

南风:"你这形容得也太抽象了吧。"

句号:"你偷偷溜回去拍一张吧。"

黎思意:"@周锦年 你无不无聊?"

黎思意一出场,群里顿时安静了。

过了好几秒,周锦年灰溜溜地出现。

"@黎思意 我错了。"

黎思意按灭了手机,一只手臂搭在栏杆上,另一只手里端着酒杯,懒洋洋地转头看向刚才她坐的卡座。

那里只有宋时遇和温乔两个人。

而她现在站的位置隐约可以听见他们两个说话。

她听到宋时遇问:"谁告诉你我在这儿的?"

第 18 章 宋时遇的女朋友

黎思意差点笑出来，忙喂了自己一口酒，心想，刚刚姚宗还夸她演技好，那是没见到现在的宋时遇。啧啧，这语气，拿捏得多到位。

"怎么样了？"姚宗不知道从哪里冒出来。

黎思意转头，对他做了个噤声的手势。

"思意跟我说的。"温乔看了一眼桌上的两个空酒瓶，又看了看宋时遇，酒吧昏昏暗暗的，根本看不出他脸色如何，她微微皱了皱眉，"你喝了很多酒吗？"

宋时遇却不回答，只是盯着她，半晌才幽幽地说道："你不是很忙吗？怎么跟邵牧康吃饭就有空了？"

还特地穿了裙子。他和她重逢这么久，都没有见过她穿裙子，她今天居然特地穿了裙子去跟邵牧康吃饭，还散着头发，总之就是跟平时很不一样。他一口闷气堵在胸口，心里的酸水翻涌着一个劲地往上冒，根本压不住。

温乔觉得自己完全没必要回答这个问题，但是她还是回答了，只是语气冷淡："现在店里人手够了，我才有空去请他吃饭，毕竟他高中的时候很照顾我。"她说着站起身来，"身体是自己的，你要是自己不爱惜，那谁也没办法，我先走了。"

温乔说完这话，就径直往外走去。

黎思意没想到温乔说走就走，刚准备要过去，就看到宋时遇猛然起身跟了过去。

黎思意伸手拦住要过去凑热闹的姚宗："人家情侣拌嘴，你过去干什么？"

姚宗眼巴巴地看着温乔和宋时遇一前一后地走了，表情颇为遗憾。

温乔在楼梯的最后一个台阶上被宋时遇抓住了手腕，她挣了一下，没挣开，压低了声音冲他喊："你放手。"

宋时遇深深看她一眼，钳住她手腕的手非但没有松开，反而抓得更紧了，一言不发地拉着她往镂空的楼梯后走去。

温乔根本挣不开宋时遇的手，又不想和他拉扯得太难看，只能被他拉到楼梯后的空处。她愤怒地盯着他，心里想着这次一定要挺直了腰杆跟他说话，他凭什么管她跟谁吃饭？凭什么质问她？

不想宋时遇定定地盯了她两秒，突然泄气似的轻叹了一口气，原本冷凝着的眉眼融开来，望着她低声说道："对不起，我错了，我刚才不该质问你，是我太小心眼。我向你道歉，你原谅我好不好？"

温乔呆住了。

半晌，她才眨了眨眼，不敢置信地看着宋时遇。

她都做好了吵架的准备，还下了决心，这次绝对不会像以前那样任他搓圆捏扁，但是她怎么想都想不到，宋时遇居然会说出这样一番话来。她一时间又是震惊又是难以接受，咽了咽口水，又张了张嘴，但脑子里一片空白，什么都说不出来。

宋时遇清冷的眉眼此时异常柔和，抓着她手腕的那只手的大拇指在她的手背上轻轻摩挲了两下，带着点认错讨好的意味："你别生气了，好不好？我是想给你一个惊喜，才赶着回来，我哪里都没去，一下飞机就直接从机场过来找你，结果就看到你跟邵牧康一起回来……"

宋时遇说着，又回忆起当时的场景，他们三个走成一行，有说有笑，看着简直就像是幸福美满的一家三口，他满怀期待地来找温乔，结果就看到这么一幕，他还能保持冷静就算不错了。

第 18 章 宋时遇的女朋友

温乔听着听着,忍不住代入宋时遇,换位思考了一下,顿时也觉得难受起来,刚才的愤怒已经消失得无影无踪,她反而开始心虚了:"你又不告诉我你今天回来,你要是告诉我,我就不会去跟他吃饭了。"

宋时遇见她态度已经松动了,又垂了垂眼,失落道:"我原本想着给你一个惊喜。"

温乔开始内疚了:"我也不是故意的……"

宋时遇说道:"我当然知道,我也不是怪你,你跟很久不见的同学去吃饭本来就是很正常的,是我应该提前跟你说的。"

什么话都被他说完了。温乔更是无话可说了。

宋时遇又接着说道:"我只是嫉妒。"

温乔怔怔地看着他。

楼梯后的空处,光线比外面更加昏暗,只能看到宋时遇一双比平时更加幽深的眼。

"你居然还特地穿了裙子去跟他吃饭,我都还没有看过你现在穿裙子的样子……"宋时遇的语气里带着几分委屈。

温乔简直毫无招架之力,忽然不自在起来,脸上也微微发热,局促地说道:"没有特地,只是因为穿裙子凉快一点……"

宋时遇说道:"你穿裙子很好看。"

温乔又怔了一下,脸上热度攀升。

宋时遇紧接着又是一句:"一想到你穿着裙子却不是来见我的,我就更嫉妒了。"

温乔脸上发烫,头也发昏,口干舌燥,简直不知道该说什么,只隐隐约约觉得这情节发展有些不对劲。

"黎思意给你打电话的时候我就在边上,是我默认她打的,我很怕你不来,你来了,我心里其实很高兴。"宋时遇把话全都说了出来,心里反而有些如释重负,但是第一次这么毫无保留地把自己剖开展现在温乔面前,又有几分怯意和羞赧,他抿了抿唇,声音放得很轻,"阿温,我什么都跟你说了……你不要再生我的气了好不好?"

他说着,握着温乔手腕的手小心翼翼地往下,一点一点试探着,轻轻握住了她的手。

温乔感觉到了宋时遇的手,她连呼吸都屏住了,莫名觉得紧张,手也僵硬着,脸上除了发烫还有些发麻,他说的那些话就像是迷魂汤,咕咚咕咚地往她嘴里灌。

她觉得不可思议,这些话怎么会从宋时遇的嘴里说出来?

宋时遇敏感地察觉到她的手虽然僵了一下,却并没有挣开,他胸腔里一颗心狂跳,又试探着小心翼翼地再握紧了一些,终于牢牢地把温乔的手握在了手中,雀跃的笑意几乎要从眼睛里蹦出来。

而且他叫她"阿温",她也没有生气。

他的视线落在温乔呆愣愣的脸上,喉结忽然干渴地滚动了一下。

他想亲她。

宋时遇及时遏制住了这个危险的念头。

好不容易才走到眼前这一步,不能因为一时贪心而前功尽弃了。

所以他只是无声地握紧了温乔的手,像是生怕她跑了。

就在这时,一道声音突然响了起来。

第 18 章 宋时遇的女朋友

"哥?"

温乔仿佛从梦中惊醒,下意识把手从宋时遇的手里抽了出来,心虚地看向那个人,等到看清后,顿时一怔。

手里骤然一空,宋时遇脸色变了,眼神冷森森地扫向右侧的声音来源。

宋瑶刚刚遇到了周锦年,周锦年告诉她,宋时遇带了女朋友来,她上去找,姚宗说他们下去了,她又下来找,找了一圈,才在楼梯底下看到了背对着她的宋时遇,她下意识叫了一声,然后就发现宋时遇面前还有一个女人,而且那个女人的手正被宋时遇握在手里。

听到她的声音,那个女人迅速把手抽了出去。

她来不及细看那女人长什么样子,就对上了宋时遇寒气森森的眼神,顿时一惊,吓得声量都小了:"哥……"

温乔也是一眼就认出了这个叫宋时遇哥的女孩子就是那张合照上的女孩,也就是宋时遇的表妹,她真人比照片上还要精致好看,身材也很好,穿了一条红色吊带短裙,明媚俏丽。

温乔并不想被注意到,想趁两人不注意的时候从旁边溜走。

谁知道宋时遇后脑勺上仿佛长了眼睛,连看都不看,反手就把她的手又捞在了手里,紧紧地抓住了。

温乔默默地挣了一下,毫无意外地没有挣开。

宋瑶把宋时遇的动作看得清清楚楚,顿时抬起眼仔细地去看温乔,白净素淡的一张脸,单看其实挺标致清秀的,是那种看着很舒服的长相,应该就是上次黎思意和姚宗他们说的那个"温乔"了。在她想象中,宋时遇的女朋友,最起码也得是仙女级别的,这个女人虽然长得挺清秀舒服的,但是离仙女的级别显然还有不小的差距。

宋瑶没有掩饰住脸上的表情,语气也带着几分勉强:"哥,这是你女朋友吗?"

温乔下意识地抢先说道:"不是的。"

宋时遇回头看温乔一眼,目光很深,抓着她的手也更加用力,然后他转回头去,淡淡地说道:"嗯,现在还不是,我正在追求她。"

宋瑶脸上的表情彻底崩掉了,她难以置信地看向温乔,这句话比"温乔是宋时遇的女朋友"对她的冲击力更大。

温乔也没想到宋时遇会这么说,惊讶地看着他。

宋时遇攥紧她的手,稍微一用力,把她带到前面来,声音温柔:"跟你介绍一下,这是宋瑶,是我的表妹,你在照片上见过的。"

温乔嗓子发干,僵硬又尴尬地对着宋瑶点了点头。

宋瑶被宋时遇的眼神压迫着,勉强扯起一个微笑:"你好。你一定就是温乔吧?"

温乔有些意外她居然认识自己,点点头说道:"对。"

宋时遇没有让温乔尴尬太久,用眼神示意宋瑶,你还不走?

宋瑶只好说道:"我先去找朋友了。"

宋时遇淡淡地说道:"去吧。"

宋瑶又看了温乔一眼,才走了。

她往楼上走,黎思意往楼下来:"找到宋时遇了吗?"

宋瑶往楼梯后扫了一眼,表情有点一言难尽:"在下面。"

黎思意挑眉:"两个人都在下面?"

第 18 章 宋时遇的女朋友

宋瑶点头。

黎思意正要往下走,宋瑶突然叫住她:"黎思意。"

黎思意转过头来:"怎么?"

宋瑶皱眉:"我哥是认真的吗?"

黎思意扑哧一笑,似乎觉得她这个问题问得十分可笑:"你觉得呢?"说完,也不等宋瑶回答,就下楼去了。

第 19 章
醉 酒

"你们两个躲在这儿干吗呢?"黎思意从楼梯前绕过来,看到宋时遇和温乔还站在那里,两人正说着什么。

她本来担心他们两个会吵架,才下来看看,但是这会儿察言观色,他们像是已经和好了,于是黎思意招呼道:"上去吧,难得乔乔有空,一起坐会儿。"

宋时遇转头看温乔,明显是以她的意见为主。温乔见黎思意一脸殷切期待,不好扫她的兴,点点头说道:"好吧。"

宋时遇看向黎思意,嘴角赞许似的露出一丝笑。

黎思意冲他挑了下眉,识趣地先走一步:"你们先上去,我去一下前台。"

"走吧。"宋时遇说着,极自然地牵住了温乔的手。

温乔盯着他那只紧紧牵着她的手,心里剧烈地摇摆挣扎,最后还是认命似的,任他牵着上了楼。

姚宗看到他们两个手牵着手上来,要多惊讶就有多惊讶,嘴里本来还含着一口酒,好不容易咽下去了,他赶紧起身招呼温乔。"来,温乔,里面坐。"又问,"黎思意呢?她不是下去找你们了吗?"

第 19 章 醉酒

"去前台了。"宋时遇说着,抬手招过来一个服务员。

温乔抬头看了一眼,不禁一愣,这个酒吧连服务员都好帅。

X酒吧每个星期都会有固定的主题,里面的服务员会根据那个主题搭配服装。这个星期的主题是制服,女服务员穿JK制服,男服务员穿DK制服,现在这个拿酒水单过来的男服务员穿着白衬衫,配蓝绿色的竖纹领带,高高瘦瘦,白白净净,很有少年感,点完单还对她微微笑了一下,让温乔忍不住多看了他几眼。

"好看吗?"宋时遇忽然靠近了跟她说话,声音带着几丝醋意。

温乔一转头,顿时心跳漏掉一拍,宋时遇的脸挨着她很近,这么看,更觉得这张脸真的是完美到挑不出任何一丝缺点,骨相皮相都是绝佳,连睫毛都比她的长。

愣怔间,宋时遇忽然问道:"他长得那么好看吗?让你盯着看那么久?"

这是毫不掩饰地吃醋了。

温乔下意识地往后仰了仰,和他拉开一些距离,然后说道:"也不是……"

她只是觉得酒吧里真是帅哥美女遍地走,刚刚她过来的时候,一路就看见不少帅哥美女,没想到连服务员的质量都这么高,怪不得生意这么好。

姚宗的声音横插进来,唯恐天下不乱地说道:"这你就不懂了吧?你长得再帅那也上了年纪了,人家是还在上大学的小男孩,才十九岁,女客人都喜欢他,是我们酒吧最受欢迎的一个服务员。"

宋时遇坐直了,看着他,嘴角噙一抹冷笑:"你不说话没人把你当哑巴。"

姚宗嘿嘿一笑,一点都不受威胁,贱兮兮地说道:"你别生气啊,要面对现实。"

温乔忍不住莞尔一笑。

姚宗立刻指着她:"你看,温乔笑了,她也觉得我说的有道理。"

宋时遇立刻转头看她,眼神里带着质疑。

温乔马上敛了笑,诚恳地摇了摇头。她不是,她没有。

"聊什么呢?这么开心?"黎思意手里拎着两瓶酒走了过来,让姚宗"滚进去点",然后坐了下来。

姚宗一看那两瓶酒,眼睛都亮了:"哎呀,还是温乔面子大,你都舍得把这两瓶酒拿出来了。"

黎思意利落地开了酒,然后问温乔:"乔乔你能喝吗?"

温乔抿唇笑了一下:"喝一点吧。"

宋时遇有些意外,问:"你喝酒?"

温乔说道:"之前在酒店干后厨,会跟带我的师傅他们喝一点。不过都是喝的啤酒。"

姚宗问:"温乔你酒量怎么样啊?"

温乔矜持地说道:"不知道,我以前都是只喝一点的。"

黎思意体贴地说道:"那你就喝一点,如果觉得还行再喝。"

服务员过来给他们倒酒,酒杯里面先放入三个圆形冰块,然后才把酒倒进去。

他们刚刚点的小吃零食也都上来了。

姚宗说道:"温乔,你是行家,尝尝我家的小食做得怎么样?"

黎思意也好奇地看着温乔。

桌上有鸡米花、洋葱圈、切片的烤肠等。

第 19 章 醉酒

温乔觉得这几样都是大众口味，而且很容易上手，只要有食谱，基本上想做得难吃都难，但她还是一一尝过了，然后才说道："嗯，味道挺好的。"说完又觉得自己有点太敷衍，便加了句，"洋葱圈还可以稍微炸久一点，但是影响不大。"

黎思意和姚宗对这个答案都挺满意。

服务员把酒倒好后，黎思意举起酒杯，笑吟吟地说道："我们先干一杯，庆祝重逢。"

温乔也跟着举起酒杯，四人的酒杯在半空中相碰，宋时遇的酒杯微微倾斜，多碰了她的酒杯一下："庆祝重逢。"

难得有这样的机会，黎思意开始问起温乔这些年的经历。

温乔当年等奶奶出院后就外出打工了，最开始投奔老乡，在一个厂子里做流水线工人，工资是按件计算的，厂子里多的是她这个年纪的人，都是早早不读书了出来打工的，他们一没学历二没技术，只能进厂做些没技术门槛的工作。

温乔除了读书不行，别的干什么都行。厂里同工种的近五六十号人，她的工资永远是最高的，返工单也是最少的，不到半年时间，上头的主管就升她当了小领导，工资也跟着涨了不少，要管几条流水线上的员工，连之前那个老乡都归她管了。

只是后来平安出生了，温乔不得不辞职回家。

温乔说要辞职，主管找她聊过几次，承诺给她加工资，并答应再做半年就给她调去更好的岗位，温乔都拒绝了，主管最后还跟她说，厂里永远都欢迎她回去。

温乔回到家，带了平安近一年，等到有亲戚能帮她带了，她就又出门打工了。这次她没有选择进厂，而是进了餐饮行业，从最底层的服务员做起，两个月把餐厅里的架构弄清楚了之后，就要转到后厨去当配菜员。

温乔当时跟楼面经理提的时候，经理别提有多惊讶了，温乔这么一个白白嫩嫩的漂亮小女孩，居然要去又累又苦又脏的后厨，她劝了又劝，因为温乔这种活做得好人又踏实的女孩子真的是太少见了，她还想好好培养培养。

直到温乔告诉经理她的梦想就是以后开一家自己的餐厅，经理没有再劝，而是带着她去找了后厨经理。后厨经理也很震惊，虽然平时温乔就经常在后厨打转，她长得标致，嘴又甜，后厨的师傅们都很喜欢她，但是都以为她只是小女孩好奇、贪吃，没想到她居然是想来后厨干活。见她意志坚定，再加上有师傅答应带她，于是后厨经理就安排她当了配菜员。

配菜员就是杂工，洗菜、切菜等帮厨的活儿都要干，温乔的刀工就是那时候练出来的。后厨从厨师到配菜员都是男的，一聚在一起，荤素不忌，什么玩笑都开。好在温乔还有个师傅护着，太过火了他就会及时喝止，他是资深大厨，后厨除了经理就数他最大。

平时的辛苦不用说，厨房里最难熬的还要数夏天。天气本来就热，厨房里更像个蒸笼，甚至有时火苗子直往脸上扑，一天下来，要喝掉一大桶水，衣服里里外外都湿透了，温乔开始在后厨干活的第一年，瘦了十几斤。

普通配菜员要在后厨干两三年才能升厨师，但温乔在厨艺上很有天赋，再加上师傅不藏私，她也肯学肯吃苦，不到一年她就升厨师了，而且她还会不断地创新菜品，工资也是一直往上涨。

第 19 章 醉酒

后来平安三岁半了,那个亲戚要去给自己的儿女带孩子,家里没有合适的人选可以带平安,同时也考虑到村子里的那些风言风语,温乔一咬牙,干脆把平安接了过来,白天把平安放在托儿所,晚上就接到餐厅里来,餐厅里有个圈出来的小游乐场,平安就在那里玩,等温乔下班。

餐厅老板知道了温乔的情况以后,也默许了温乔把孩子带到餐厅来的行为。

平安从小就乖,再加上长得漂亮可爱,餐厅里的员工都很喜欢他,平时总会帮温乔照看着,平安每天回家,口袋里都会装着各种小零食。

温乔在这家餐厅干了将近六年,一直到师傅退休,她接了师傅的班,成了后厨等级最高、工资也最高的大厨。六年时间,她拼命地攒钱,终于还清了家里的债务,还存了一点钱。最后,在穆清的鼓励和大力支持下,温乔谢绝了老板的挽留,从餐厅辞职,开了现在这家烧烤店。

这十年来,真正轻松的日子,掰着指头都能数得清,温乔身处其中时并不觉得有多苦,现在回忆起来,才发现这些年过得还真是艰难。

其实她也没什么特别的经历可以拿出来说的,不过就是一个贫困一点的普通人的生活,把其中的艰难简单带过,这十年的经历,只用寥寥数语就能交代完了。

温乔讲完后,端起酒喝了一口,酒液冰凉清冽,入口带着辛辣和淡淡的苦涩味道。她也不再继续说什么,只把话题引到他们身上,开始听他们聊天。

她一边听,一边吃桌上的小食,黎思意和姚宗他们的生活听起来和她的生活完全是两个世界,但她听得津津有味,吃得也津津有味,口干了就抿一口酒，感觉这酒倒是越喝越有滋味，清冽中带着淡苦，比啤酒好喝。

不知不觉，杯里空了几次。

"是不是晚上没吃饱？要不要给你叫份别的？"宋时遇忽然凑过来低声问道。

温乔这才发现桌上的六盘小食已经被她吃得七七八八了，顿时有些羞愧："不用了，不用了！我不饿。"说着又端起酒杯来喝了一口润润嘴。

她晚上吃得很饱，可是就是控制不住手，可能因为这些小食她平时吃得也少，说到底就是嘴馋了。

温乔说道："我去上个洗手间。"

她说着站起身，突然感到一阵强烈的头晕目眩，好像身体里的酒精随着她这个起身的动作瞬间上了头，人都原地踉跄了一下，幸好宋时遇及时抓住她的手，扶住了她。

"怎么了？"宋时遇皱眉问道，然后才发现她脸上红扑扑的。

"估计是喝多了，我刚刚看她喝了不少。"姚宗说道。

"没事没事。"温乔摆了摆手，笑盈盈的。

黎思意笑出声来："看来是真的喝多了。"

宋时遇看着温乔笑眯眯的样子，也忍不住笑了："不是要去洗手间吗？走吧，我陪你去。"

温乔依旧摆手，脸上还带着笑："不用不用，我自己去。"说着把手从宋时遇手里抽出来，越过他往外走，路走得倒是还算稳当。

"我也去。"宋时遇说着跟在了温乔身后。

姚宗看着两人一前一后走了，忽然问道："哎，你觉得我们今年有可能吃

第 19 章 醉酒

到他们的喜酒吗?"

黎思意笑了笑,说道:"难说。先把红包准备好吧。"

姚宗"嗤"了一声:"红包还要准备?那不是随时都能给。哎,你说时遇家里能同意他跟温乔结婚吗?"

黎思意抿了口酒,似笑非笑地说道:"宋时遇跟温乔结婚,不需要他家里人同意,温乔同意就行。"

姚宗也觉得自己多虑了:"也是,时遇翅膀那么硬,家里人就算反对,也就是婚宴上少两个人的事。"

✦

温乔下楼梯的时候是扶着栏杆走的,头晕得厉害,脚下也轻飘飘的。

宋时遇就落后她半步紧跟着她,随时准备上去扶她。

温乔没有给他这个机会,晕归晕,但还是安安稳稳地进了女洗手间。

上完洗手间后,她出来洗手,结果一照镜子,被镜子里的自己吓了一跳。从脸到脖子都红了,而且完全不是带有美感的那种微醺模样,而是跟关公似的,她连忙掬了几捧水往脸上扑了扑。

冷水上脸只有一瞬间的舒畅,并没有让她好受多少,温乔头晕脸红,走路像是踩在云里,脑子里也是一团糨糊。

温乔摇摇晃晃地出了洗手间就看见在走廊上等她的宋时遇,她头昏脑涨地朝着他走过去,然后就这么投入他怀里,抱住他的腰,脸贴在他胸口微凉的布料上,长长地舒了一口气。

宋时遇僵住,有些难以置信,半晌才小心翼翼地伸手圈住她,也不敢说话,生怕她忽然就清醒了。他都不记得上一次这样抱她是什么时候了,她好像长高了些，他微微一低头，下巴就能蹭到她的发顶。他忽然有种做梦似的恍惚，好一会儿才调整好角度低头去看她。

"我好难受啊宋时遇。"她喃喃说道，抱怨似的嘟囔，"头好晕，不舒服。"

宋时遇喉结滚动了一下，心怦怦乱跳，手在她后脑勺上安慰似的上下轻抚，说话的声音放得很轻："那我送你回家好不好？"

温乔点点头，又摇摇头，抱紧他的腰含糊地说道："等一会儿，等我头不晕了，现在晕得厉害。"

宋时遇嘴角露出一丝笑意，又迅速压下去，微微收紧手臂把她抱得更紧一些："好，等你头不晕了。"

温乔抱着他，不时发出两声难受的哼哼，迷迷糊糊中感觉有人一直在温柔地轻抚她的后背和后脑勺，让她舒服了一点。

黎思意和姚宗在上面左等右等不见两人上去，于是她干脆来下面找，结果就看到了在洗手间外的走廊上旁若无人地抱在一起的两个人，不免有点震惊。

她刚要说话，宋时遇就发现了她，对她比了个噤声的手势，然后放轻了声音说道："她醉了，难受。"

黎思意狐疑地盯着宋时遇，总觉得在他脸上隐约看到了几分愉悦，她绕到那面，看到温乔双眼紧闭一脸通红地贴在宋时遇胸口，顿时皱着眉说道："乔乔脸怎么红得这么厉害？会不会是酒精过敏了？"

宋时遇皱了皱眉，也低头来看，发现她的脸真的红得有点不正常。

黎思意担忧道："要不要去医院看看？"

宋时遇说道："帮我叫个代驾，我马上带她过去。"

第 19 章 醉酒

黎思意点点头，去前台叫人。

宋时遇用手贴了贴怀里温乔的脸："阿温？还难受吗？"

温乔只勉强哼哼两声。

宋时遇把她搂着他腰的手放到自己肩上，然后弯腰将她打横抱起来往外走去，跟在门口的黎思意会合。

"代驾叫好了，我陪你一起去吧。"黎思意说道。

上车以后，温乔还是整个人都靠在宋时遇的身上，满脸通红，双眼紧闭，宋时遇开了窗给她透气。

到医院挂了急诊，医生检查了一番，说是有些轻微的酒精中毒，给她催吐了一次。

温乔吐过以后，脸色果然好了不少，但人还是没有清醒。

医生又嘱咐："今天晚上最好注意一点，酒精中毒的患者很容易在昏睡的时候呕吐，导致误吸。"

温乔家里只有一个平安，宋时遇当然不放心，于是决定就在附近的酒店开个房间。他考虑周全，开了个大套间，让黎思意也留下来，然后给温华打了个电话。

温华在电话那边问了几句温乔的情况，他是信得过宋时遇的，更何况还有黎思意在，所以他也没多担心温乔，他担心的是怎么跟平安说，没想到他心里刚这么一想，宋时遇就让他把电话给平安了。

宋时遇在电话里简单地跟平安说了一下情况，然后给了他两个选择，一是跟温华住一个晚上，二是接他去酒店。

半个小时后，宋时遇来店里接平安。

谢庆芳正好看见了,好奇地跑来店里问。

温华当然没有实话实说,他刚才也没跟店里其他人说。刘超和周敏他都觉得没什么,主要是不能让陈珊珊知道,不然不知道要给温乔编排出什么事来呢。这会儿面对谢庆芳,他只说宋时遇是来接平安过去吃夜宵的。

"那温乔是跟他好了啊?"谢庆芳惊讶地问道。

温华记得温乔的态度,只说道:"还是朋友。"

谢庆芳说道:"这都把平安接走了,还一起吃夜宵,不是已经好上了?"

温华机灵地说道:"芳姐,你这什么传统思想啊,朋友就不能一起吃夜宵了?你看我们店里,每天晚上那么多男的女的一起来吃夜宵,难道都是一对啊。"

贺灿也说道:"妈,你怎么这么八卦呀!老管温乔姐姐的事。"

谢庆芳拧了把他的小脸:"怎么你妈还要归你管了?"

贺灿忙搓着脸跑到了一边,心想,早知道自己刚刚也该厚脸皮地求求平安,让那个大帅哥哥带他一起去了。

※

车里。

宋时遇看到平安一张小脸绷得紧紧的,安慰道:"别担心,你姐姐没什么事,只是不小心喝多了,现在正在酒店里睡着。"

平安"嗯"了一声,一张小脸还是紧绷着,坐也坐得端端正正的。

宋时遇看了他一会儿,也不再说了。一大一小坐在后座,都很安静。

而此时被临时叫过来的陈司机心里却打起了鼓。

这该不会是宋总的私生子吧?

第 19 章 醉酒

不怪他多想，他的逻辑跟最开始误会的黎思意其实是一样的，实在是平安长得太精致漂亮了，让人下意识觉得普通人生不出这么好看的孩子，再一看宋时遇的长相，就很容易让人联想两人的关系，而且他们的年纪又正好能当父子，所以认为他们是父子俩的猜想可以说是十分合理的。

两人的气质隐约有点相同，以至于让人忽略了他们的五官长得并不像这一点。

而且两个人之间那种怪怪的气氛也十分能够给人联想的空间。

宋时遇并不知道司机在想什么，车一停，他就和平安下了车，一起走进了酒店大门。

而陈司机看着那一大一小两道背影，那要近不近要远不远的距离，更觉得他们像刚认亲的父子俩了。

平安是第一次来酒店，而且是这么高级的酒店，大厅很大，装修也尽显大气，他到底是个八岁的孩子，虽然脸上强装镇定，但心里还是生出几分惶惶来，不自觉地离宋时遇近了一点。

宋时遇低头看了他一眼，没说什么，只是自然地伸过手："牵着我。"

平安怔了怔，犹豫了一下才牵住了宋时遇伸过来的手。这是平安第一次牵温乔以外的大人的手，而且这个大人是个男性，他的手掌好大，好热，跟温乔的手完全不一样，莫名地，他就真的镇定了下来。

十点钟，这个点还算早，酒店里还是有不少客人进出走动，电梯里也有四五个人，都忍不住朝这对高颜值"父子"的脸上多望几眼。

✱

宋时遇牵着平安进来的时候，黎思意刚洗漱完敷上面膜从浴室走出来，看到这一大一小牵着手的两人，不禁再一次在内心感叹，这也太像父子俩了吧！

宋时遇看到她敷着黑泥面膜的样子，一时无语，然后问道："温乔怎么样？"

黎思意说道："放心吧，在里面睡着呢，我刚给她洗了把脸。"

黎思意让家里的阿姨送了洗漱用品和睡衣来，本来还想给温乔换一下衣服，但是却发现给一个喝醉酒的人换衣服着实有点难度，于是就放弃了，但还是贴心地帮温乔脱了里面的内衣，让她睡得更舒服点。

她说完又跟平安打招呼："平安，我是思意姐姐，上次我们在店里见过的。别担心啊，你姐姐今天晚上开心，不小心喝醉了，睡一觉就好了。"

平安点了点头，然后仰起脸看着宋时遇："我想去看看姐姐。"

宋时遇点头，带着他进了温乔的房间。

门推开的瞬间，光线也跟着流淌进去。进了房间，平安才松开抓着宋时遇的手，走到床边去看温乔。

宋时遇也跟着走到了床边，只见温乔正侧着身子睡着，一张脸还是泛着红，睡得倒是挺香。

平安看了温乔一会儿，转身问宋时遇："我可以在这里陪着姐姐吗？"他看到床尾有个沙发，说道，"我可以在这儿睡。"

宋时遇看了眼那个沙发，平安瘦小，倒是睡得下，只是平安在这儿守着，他怎么办？于是他面不改色地说道："她没事，你不用守着，如果她明天早上醒来看到你睡在沙发上，她会不开心的。"

平安想了想，点了点头，退而求其次："那我就在这里陪她一会儿。"

第 19 章 醉酒

这个要求宋时遇答应了,他抬起手腕看了一眼时间:"十一点前睡觉,有问题吗?"这会儿离十一点还有半个多小时,时间还很充裕。

平安也抬起手腕,看了一眼自己的电话手表,然后点点头说好。

黎思意倚在门边上,不禁想,这两个人真的不是父子吗?这风格做派也太像了吧?

宋时遇把房间里的落地灯打开,又调整了一下方向,让灯光不会直射温乔,然后搬了一张椅子到床边让平安坐。

平安小声说了句谢谢。

宋时遇忽然发现,温乔把这个孩子教得很好,大概是爱屋及乌,他突然抬手在平安头顶上轻揉了两下,只是到底有些不大适应,又很快收了回来:"我先出去了,有事叫我。"

平安却怔了怔,仰着脸,一双漂亮的浅色眼瞳看着宋时遇,他忽然觉得,这个男人好像没有那么讨厌了。

宋时遇一转身就看到一个黑脸女人背光站在门边上,脸色都吓得微微凝固了一瞬,他冷飕飕地瞥了黎思意一眼:"别吓着小孩。"然后就从她身边走出去,还不忘说一句,"把门关上。"

黎思意把门带上,然后说道:"你怎么突然对小孩子这么有耐心了?爱屋及乌?哎,你别说啊,你们俩还真像父子俩。"

宋时遇没理这话,说道:"我回去拿点东西,你等一下照顾他睡觉。"

黎思意说道:"你去吧,放心,我会照顾好他的。"

✱

宋时遇去了半个多小时,回来的时候黎思意正躺在客厅沙发上玩手机。

"小孩呢？"宋时遇问道。

黎思意这才猛地从沙发上坐起来，茫然道："好像还没出来。"

宋时遇："……"

他过去开了门，房间里一室寂静，走近了才发现平安屁股还坐在椅子上，上半身则趴在床沿边上，睡着了。

"平安？"宋时遇轻轻叫了一声。

平安没反应，已经睡沉了。

宋时遇又叫了几声，但又怕把温乔吵醒，只好把平安给抱了起来。

平安被温乔抱惯了，这会儿被抱起来也毫无所觉，依旧睡得香甜。

黎思意实在是觉得这场面太稀奇了，忍不住笑着说道："你今天真是辛苦了，抱完大的抱小的。"

宋时遇面无表情地支使她："去开门。"

黎思意跑过去把门打开了。

宋时遇把平安放到床上，又帮他脱鞋、盖被子，回头一看，黎思意正一脸惊奇和感动地看着他，顿时有点不自在："怎么了？"

黎思意深沉地说道："我以前想象不到你当爸爸的样子，现在我能想象到了。"

宋时遇："……"

他刚关上门，黎思意突然想起来："这儿就三间卧室啊，我们三个一人一间，你睡哪儿？"

宋时遇打开客厅里他拿过来的行李箱，从里面拿出衣服，淡淡地说道："医生不是说了，要小心她睡着以后吐，我不睡，守着她。"

第 19 章 醉酒

黎思意真有点被感动到了:"姚宗不是说你为了赶回来这两天都没怎么睡吗?你今天晚上还不睡,扛得住吗?要不我们俩轮班守吧,我上半夜你下半夜。"

宋时遇说道:"不用了,我不困,你早点睡吧,我去洗澡了。"

黎思意说道:"那这样吧,你守上半夜,等你不行了,再来叫我接班。"

宋时遇无可无不可地"嗯"了一声,然后进了浴室。

等他洗完澡出来,黎思意已经不在客厅了。

他推开温乔房间的门走了进去,房间里就一盏落地灯亮着,散发着温馨静谧的昏黄光晕。

地上铺了地毯,不用担心脚步声太重,但宋时遇还是下意识地放轻了脚步,他没有坐平安坐的那张椅子,而是直接坐在了床沿,这里离温乔要近一些。

温乔依旧侧着身睡着,被子不厚,可以清晰地看出被子下她双腿都是蜷缩着的。

宋时遇不记得是从哪里看来的了,说喜欢蜷缩着睡觉的人普遍没有安全感。温乔半边脸陷进枕头里,半边脸还是红扑扑的,不过比之前在酒吧里要好多了。

今天晚上她只用了寥寥几句话就把自己这十年来的经历交代了,可他却明白,她一定吃了很多苦。姚宗和黎思意聊天的时候,他就一直在留意着她,看到她脸上情不自禁地流露出那种惊奇又有几分向往的神情的时候,他胸口很闷,还带着酸涩。

宋时遇轻轻摸了摸温乔的脸,入手温热绵软,他弯下腰去,用额头贴着她，轻声喃喃："阿温……我以前对你真是太坏了，以后我一定会对你很好很好，再也不让你吃苦了。"

※

温乔迷迷糊糊地渴醒了，下意识想要翻个身，却发现自己翻不动，她费力地睁开眼一看，顿时吓了一跳，有个人正趴在自己的腿上，看起来像是睡着了。她人一下子清醒了，仔细辨认了一会儿，才发现这个下半身坐在椅子上、上半身趴在她腿上的人好像是宋时遇。

她一时不知道自己身在何处，再回忆一下昨天晚上，只记得自己跟宋时遇在楼梯底下说话，后来又被黎思意叫上去喝酒……后面的事情她一概想不起来了。

温乔茫然地转动眼球看了看四周，看装修，感觉像是在酒店，应该是昨天晚上她不知不觉地喝多了。

她脑子还未完全苏醒，只是在迟钝地运转，一点一点地捋着思绪，所以心情反倒有种奇异的平静。

她还记得昨天晚上迷迷糊糊地感到口渴，下意识叫平安给她倒水喝，后来就有人倒了水来喂她，半睡半醒间她还觉得自己是在做梦。

温乔的目光落在床头柜上，那上面有一只玻璃杯，里面还剩了一点水。

看来不是在做梦，可是这里不是她家，平安也不在这儿，昨天晚上是宋时遇倒了水给她喝的吗？他一直在这儿守着她？

温乔的视线又落回到趴在她腿上睡着了的宋时遇身上，她尝试着动了动腿，被他压着的小腿顿时从脚指头尖尖麻到了膝盖，那种感觉实在是太酸爽了，她忍不住嘶的一声，倒吸了一口凉气。

这一吸气,把宋时遇给惊醒了,他猛地抬起头看过来,见她神情扭曲,立刻紧张地扑过来问道:"怎么了?哪里难受?是不是哪里痛?"

温乔表情痛苦隐忍,颤抖着说道:"腿……腿麻了……"

第 20 章
"你能不能不要对我这么好啊？"

"腿怎么麻了？"宋时遇着急地隔着被子去碰温乔的腿。

结果被他碰到的地方又是一阵刺痛麻痒。

"别别别、别碰，又麻又痛。"温乔连忙制止他，整个人都坐了起来。

宋时遇立刻缩回手，皱着眉手足无措地看着她，担心地追问："很痛吗？怎么会这样？我送你去医院。"

"不用……就是睡觉的时候腿没放好，麻了，等一下就好了。"

温乔总不能告诉宋时遇，她腿麻是因为他昨晚上趴在她腿上睡觉，把她的腿给压麻了。而且她刚才留意了一下，发现主要问题还是出在她的睡姿上，她的右腿越过了左腿伸到了床边上，宋时遇可能睡着睡着，觉得有个高点的地方让他趴着能舒服点，就迷迷糊糊地趴上去了。

宋时遇愣了愣，然后才冷静下来。

温乔把自己那条越界的腿放回原位，然后看向宋时遇，才发现他脸上被压出了一块红红的印记，眼睛也红红的，像是很久都没有好好休息过了。

她抿了抿唇，试探着问："我怎么会在这里？"

宋时遇说道："你昨天晚上酒精中毒，去了医院催吐，医生说你晚上有可能会吐,最好有人守着,我想着你家里就只有一个孩子,就带你来了酒店。"不等温乔问,他就说道,"别担心,思意也在,平安我也接过来了。"

温乔一时无言,没想到他居然会想得这么妥帖,让她挑不出半点不好来。想到自己居然喝酒喝进了医院,她又是觉得丢脸又是后怕。

好不容易缓过来之后,又有了别的担忧,她看着宋时遇,小心翼翼地问:"我昨天晚上喝醉了,没有出洋相吧?"

宋时遇深深地看她一眼:"你都不记得了?"

温乔一看他这个眼神,心里顿时开始打鼓,她从来没喝醉过,也不知道自己昨晚喝醉了是不是闹得很难看。她想起以前在网上看的那些喝醉酒的人可能会发生的状况,有发酒疯乱说话的,有抱着人就亲的,还有喝醉了以后认为自己是一条鱼,一定要趴在地上游的。

温乔咽了咽口水,有点紧张地说道:"不记得了……"

"你抱了我。"宋时遇说道。

温乔"啊"了一声,表情僵住,干巴巴地说道:"不会吧……"

"不会?是不止。"宋时遇盯着她幽幽地说道。

不止?温乔头皮都麻了,她还干什么了?

"你亲我了。"

宋时遇一句话就让温乔整个人彻底麻了。

温乔说话都结巴了:"我、我亲你了?"她说着,眼神不自觉地在宋时遇那张好看的嘴唇上瞥了一眼,又飞速移开,脸上开始发烫。

宋时遇目光灼灼地盯着她:"事关我的清白,难道我会骗你?"

清白?温乔瞪大了眼看他,简直觉得有些匪夷所思。

宋时遇说道:"你要是不信我,那等会儿你可以问思意,她昨晚亲眼看到了。"

就在此时,房门被小心翼翼地推开,接着有人探头进来,看到两人都坐着,那人顿时一愣,然后立刻说道:"原来你们两个都醒了,乔乔你怎么样啊?有没有什么不舒服的地方?"说着就走了进来,正是黎思意。

温乔没想到说曹操曹操到,顿时有些尴尬,但也有点奇怪,按电视和小说里面的描述,宿醉以后都会头疼不舒服的,可是她好像半点不舒服的感觉都没有,只有腿被压麻了。

她有点茫然地说道:"我好像什么感觉都没有。"

黎思意说道:"你现在是一点感觉都没有了,你不知道昨天半夜里……"

宋时遇突然打断她:"好了,思意,我肚子饿了,你出去叫酒店送早餐上来。"

黎思意看宋时遇不想她说,于是就闭了嘴,问温乔:"乔乔你有什么想吃的吗?"

温乔见宋时遇不让黎思意说昨天半夜里的事,也暂时忍住没有追问,只是笑着说道:"我不挑食,什么都可以的。"

宋时遇替她做了决定:"给她点个粥吧,营养一点的。"

黎思意说道:"那我先出去了,时遇你也去补个觉吧,昨晚一晚上没睡。"

宋时遇点了点头。

黎思意一走,温乔就问宋时遇:"昨天半夜里我干什么了?"

宋时遇说道:"不是说了吗,你亲我了。"

温乔:"……"

"你以为我骗你?你放心,我不会因为你喝醉酒亲了我就要求你负责的。"宋时遇说着,把床头柜上那只玻璃杯拿过来,脸上似笑非笑,"昨天半夜你突然嚷嚷着口渴要喝水,我去给你倒了水来喂给你喝,你喝完水,我的水杯都还没放下,你就亲了我。"

温乔看了看他手里那只杯子,内心开始动摇,她的确迷迷糊糊记得昨天晚上有人喂她喝了水,但是后面的事情她却完全不记得了。

但是她很快又发现了一个疑点。

"那思意怎么会知道?"

"她知道的不是这件事,是你后来吐了……"说到这里的时候宋时遇的表情有点古怪,但转瞬即逝,"你把床上和地毯上都吐脏了,睡不了,我把她叫起来,让她把床让给你了。"

温乔惊讶地说:"那她昨晚睡在哪儿?"

宋时遇说道:"客厅的沙发很大。"

温乔没想到自己昨晚居然这么能折腾,喝了一次酒,居然就进了医院,半夜还吐了,还连累黎思意睡了一晚上沙发,顿时觉得十分羞愧和内疚。

她懊恼地说道:"我以后再也不喝酒了。"

宋时遇见她一脸懊恼内疚,心里软了软,语气也变得柔和起来:"喜欢喝可以喝一点,但是要量力而行,你的酒量就那么点,还喝那么多。"

温乔羞愧地说道:"我以前从来没喝醉过,那个酒有点太好喝了,我没注意,都不知道自己喝了多少。"

宋时遇说道:"好了,没事了,下次注意一点就好,身边要有完全能够信任的朋友才能喝酒,知道了吗?"

她点了点头，又忽然想起什么，紧张地问道："我吐的时候平安没被吵醒吧？"

宋时遇看着她紧张的样子，柔声说道："没有，他睡得很熟。"

温乔顿时松了口气，她真怕被平安看到自己昨天晚上那么狼狈的样子。

宋时遇问道："你的腿还麻不麻？"

温乔感觉了一下，然后说道："不麻了。"

"那你准备一下起床吃早餐吧，我先出去，看看平安醒了没有。"宋时遇说着就要起身。

温乔突然伸手抓住了他的袖口："宋时遇，等一下。"

宋时遇又坐好，看着她："怎么了？"

温乔拉着他的袖子，心情忽然有些复杂，停了好一会儿才认认真真地说道："宋时遇，谢谢你。"

"你知道我最不需要的就是你的谢谢。"宋时遇把被她轻轻拽着的袖子从她手里扯了出去，然后抬高了手，手掌盖在她头顶上，说不上是温柔地胡乱揉搓了几下，"你也永远都不需要跟我说谢谢。"

温乔怔怔地看着他，眼眶蓦地一红。

宋时遇看见她眼睛里晃动的水光，顿时又有些慌乱："怎么了？是不是有哪里不舒服？"

温乔摇了摇头，红着眼睛看着宋时遇："你能不能不要对我这么好啊？"

她会心软会动摇的啊。她宁愿他还跟以前一样，对她冷言冷语爱搭不理，这样她才能说服自己离他远一点。

宋时遇心口突然抽痛了一下，他不知道自己以前到底对她是有多坏，以至于现在对她好一点点,她就这么感动。

"阿温,我现在才知道我以前对你有多坏,但是你原谅我好不好?我以后一定会对你很好很好,再也不会像以前那样总是生你的气,不跟你说话,还对你发脾气了。"

温乔听了这番话,心里酸胀得更厉害了,而且有点不敢置信宋时遇居然说得出这么"卑微"的话来,不禁目不转睛地盯着他。

宋时遇见她只是看着他不说话,心里一酸,勉强笑了笑说道:"我跟你说这些话没有别的意思,只是想让你知道,我已经不是那个时候的我了,你不要总是拿以前的眼光来看我……"他又把声音放柔了,"好了,等下早餐要送上来了,我先出去洗漱一下,你也起床吧。"

温乔坐在床上看着宋时遇离开,还有点恍惚,觉得自己好像是还没清醒,是不是还在做梦?

✳

刚走出去带上门,就看到平安从他的房间里出来,宋时遇脸上的神情瞬间又恢复平静。

平安看到宋时遇从温乔房间里出来,连忙问道:"姐姐她醒了吗?"

宋时遇点了点头:"嗯,已经醒了。"

平安正要进去看她,被宋时遇拦住:"别着急,我有话跟你说。"说着,宋时遇带着平安又走回了他的房间。

平安带着几丝疑惑看着他,不知道他要跟自己说什么。

宋时遇说道:"平安,你姐姐不想让你看见她喝醉酒的样子,所以我跟她说,昨天半夜你没醒,如果她问你,你也这么说,知道吗?"

平安听了这番话，认认真真地看了宋时遇一眼，然后说道："我知道了。"

宋时遇在他头顶上轻轻拍了拍："你可以去看她了。"

平安没立刻走，宋时遇对他而言实在太高了，他不得不费力地扬起脑袋才能看着宋时遇的眼睛，他抿了抿嘴角，突然问："你会一直喜欢姐姐吗？"

宋时遇显然没想到他会问出这样的问题，些许的错愕之后，他点了点头："嗯，我会一直喜欢她。"

平安认认真真地端详了他一会儿，然后什么也没说，就这么走出去了。

留下宋时遇在原地想着，温乔到底养了一个什么样的小孩儿？小小年纪，比姚宗还沉稳。

✦

温乔缓了缓情绪，等冷静下来才准备起床，刚掀开被子，突然感觉少了点什么，下意识低头看了眼身上的衣服，她还穿着昨天那条裙子，但是却没穿内衣。

温乔倒是没有慌，她知道肯定是黎思意帮她脱的，但现在的问题是，她不知道内衣去哪儿了。起床四处找了一下也没有，她怀疑是被放在了她昨晚原本睡的那间房里，于是她穿着酒店拖鞋走到门边，小心翼翼地打开门，本想叫黎思意过来，问一下是哪间，谁知道门才打开一点，先看到的却是宋时遇。

宋时遇看到她只把门打开一点看着外面，像是有什么事情不方便一样，于是径直走了过来："怎么了？"

温乔只有一颗脑袋露在外面，脸上霎时一热，但还是佯装镇定地问："我昨天晚上原本睡的房间是哪一间啊？我有东西落在了里面。"

宋时遇说道："什么东西？我去帮你拿。"

第20章 "你能不能不要对我这么好啊？"

"不用不用。"温乔连忙制止，她怎么可能让宋时遇去给她拿内衣？只说道，"你告诉我是哪间房就可以了，我自己去拿。"

宋时遇看了看她，然后转头对着一个方向抬了抬下巴："那边那间。"

温乔先是点点头表示知道了，然后眼巴巴地看着堵在门口的宋时遇："要不，你先去吃早饭吧。"

宋时遇意识到她现在可能不是很方便，说了句"你快点洗漱完过来吃，等下粥凉了"，就走开了。

等他走远了，温乔才开门出来，然后迅速走到了她昨晚原本睡的那间房前面。门一开，一股酒味混合着呕吐物的味道扑面而来，她皱着眉过去，不知道是不是清洁工过来清理过了，好歹没看到床上和地毯上有呕吐物，只是床单上有一圈污迹，看起来像是她昨晚吐的。

她屏住呼吸找了一圈，最后在被子下面找到了她的内衣，拿起来之后忍不住又看了一眼她昨天晚上吐过的地方，难以想象当时她到底有多狼狈，宋时遇那么爱干净的人又是怎么忍受这些来帮她善后的。

穿好内衣后，温乔刚从房间出去，就听到黎思意在客厅叫她："乔乔快过来吃早餐了！"

"我洗漱一下。"她说完就进了浴室，打开浴室的灯，一看镜子，顿时吓了一跳。镜子里的她一张脸浮肿着，头发也是乱糟糟地蓬了起来，想到宋时遇刚才居然在她这么难看的时候还能深情地对着她说出那么一番感人的话来，她不禁开始相信宋时遇可能是真的爱她。

她洗漱完，也只觉得稍微顺眼了一点，一张脸还是很肿。

外面黎思意又在叫她了，温乔又对着镜子拨弄了两下头发才走出去。

黎思意迫不及待地说道:"乔乔,你快来!我们都饿死了,就等你了。"

温乔加快脚步走过去:"你们不用等我的,先吃呀。"

宋时遇见她来了,揭开盛粥的小坛盖子,给她盛了一碗,又帮她拿了一个勺子放在碗里:"你先吃点粥垫一下,再吃别的。"

温乔坐下来,下意识拿起勺子先在粥里搅了一下,粥的用料很丰富,有虾仁、香菇、玉米、胡萝卜,闻起来很香,颜色也很漂亮,她舀了一勺尝尝味道,虾仁和蔬菜混合在一起,很鲜甜,咸淡也正好。

宿醉起来喝一碗这样浓浓稠稠的粥的确很舒服,感觉从胃里开始暖和起来。

温乔忍不住赞叹道:"这个粥好鲜。"

"这家酒店的餐厅很有名的。"黎思意推荐道,"乔乔你尝一下那个蟹黄小笼包,超级好吃!来,平安你先尝一个。"说着她从热腾腾的小笼里夹了一个蟹黄小笼包放进平安的碗里。

平安乖巧地道谢:"谢谢姐姐。"

这蟹黄小笼包小小一个,平安一口就咬掉半边,带着汤汁的蟹肉和蟹黄进了他嘴里,还有一点点汤汁顺着他嘴角淌下来。

黎思意立刻抽了张纸巾一边笑一边帮他擦。

平安乖巧地等她帮自己擦完了,说了声谢谢,才把剩下半边也送进嘴里。

黎思意迫不及待地问道:"怎么样?好吃吗?"

平安还没咽下去,点了点头,含糊地说道:"唔,好吃。"

黎思意忍不住露出宠溺的笑容,对温乔说道:"天啊,平安也太可爱了吧!真的,我以前对小孩子一点都不感冒,但是平安真的太招人疼了,简直让我有种想把他从你家偷走的冲动!"

第 20 章 "你能不能不要对我这么好啊？"

温乔弯了弯眼睛："那你得排队才行。"

穆清已经说过很多次要偷走平安了。

宋时遇默不作声地往温乔旁边的空碗里夹了一个蟹黄小笼包，又夹了一个凤爪。

将这一幕尽收眼底的黎思意一脸怀念的神情，看着温乔说道："乔乔，你还记不记得我们第一次见面的时候？那天是我生日。"

听她这么说，宋时遇和温乔都看向她，就连平安都一边吃着第二个蟹黄小笼包一边看着她。

温乔笑了笑："当然记得。"

那个夏天是她很珍贵的记忆。

黎思意笑着说道："我还记得那天晚上也是这样，我们点了很多吃的，宋时遇一直在给你夹东西，你就一直在吃，我想跟你说话都没找到机会。"

温乔脸上一热："啊？有吗？我都不大记得了。"

她心虚地瞥了眼宋时遇，发现他正看着自己，眼里闪着笑意。

宋时遇说道："我记得，那天晚上她撑得走不动路，在小区楼下的花坛上坐了半个小时。"

黎思意笑出声："真的假的？"

温乔忍不住怀疑地看向宋时遇："哪有？"

宋时遇不说话，只是似笑非笑地看着她。

温乔又想了想，好像隐约有那么点印象了。那个时候她是真的没怎么见过世面，刚从乡下来到临川这样的大城市，好多东西她从来没吃过，再加上第一次见宋时遇的朋友，心里太紧张了，干脆就一直猛吃，宋时遇就一直给她夹，后来还把离她挺远的大果盘都给她搬了过来。

她还记得她当时好像又惊讶又不好意思地看了他一眼，有些担心他那些朋友看她的眼光。

那些原本以为已经模糊的记忆忽然清晰起来，温乔后知后觉，宋时遇在人多的时候，总是能够把她照顾得很好，从不会因为人一多就忽视她，反而会给她更多关注。

他说他以前对她很坏，可他其实也不是一味地只对她坏的。

温乔第一次吃这么丰盛的早餐。在餐桌上，她和黎思意说说笑笑，宋时遇偶尔插进来几句，气氛很是轻松愉悦，要从酒店离开的时候，温乔心里居然生出了几丝不舍来。

进到电梯里的时候，她才忽然想起来还有一件事："我吐脏了酒店的地毯，是不是要赔清洁费啊？"

黎思意扑哧一笑："别担心啦，这个就不关你的事了。"

温乔有些赧然。

出了酒店大厅，黎思意对温乔说道："好啦，你让时遇送你们吧，我还有别的约，就不跟你们一起走了。"

温乔说道："好，那再见。"

黎思意上来抱了她一下："昨天晚上和你一起喝酒，还有今天早上和你一起吃早餐我都很开心，希望以后我们能多一点这样的机会。"

温乔笑着说道："我也很开心。"

黎思意又弯下腰来捏了捏平安的小脸："平安再见，要想姐姐哦！"

平安很有礼貌地点了点头，挥起小手："姐姐再见。"

第 21 章
一家三口

车上。

宋时遇说道:"你昨晚宿醉,今天就别去店里了,休息一天吧。"说完像是发现这话没什么说服力,于是又加了一句,"平安不是放暑假了嘛,正好趁这个机会,带他出去玩一天。今天天气也好,再过几天,又要下雨了。"

温乔犹豫了一下,想着平安的确已经放暑假有一阵了,每天都是跟她在店里待着,不是看书就是写卷子,于是扭头看坐在后座的平安,他那双漂亮的眼睛正眼巴巴地看着她,虽然没说自己想去,但是眼神里的期待却是明晃晃的。

她心软了软,又想到最近店里晚上的生意温华他们已经可以应付得来,就跟平安说道:"平安,那姐姐忙完中午的生意,下午带你出去玩好不好?"

平安早就期待已久,现在温乔说带他去玩,他开心地露出一个灿烂的笑容:"好!"

温乔看他这么开心,也忍不住笑了。

这时宋时遇不动声色地问:"你们准备去哪里玩?"

温乔笑着说道:"平安喜欢雪,我之前答应他带他去新开的那家冰雪小镇玩。"

宋时遇瞥了她一眼，然后说道："是吗？这么巧，我之前也一直想去这里玩，但是没有人陪我去，正好我今天也不上班，我跟你们一起去吧，还可以开车接送你们。"不给温乔拒绝的机会，他侧了侧头对后座的平安说："平安，我还可以教你滑雪。"

平安眼睛都亮了，往前扒拉住前座的椅背，小脸上罕见地露出了有点激动的表情："真的吗？你会滑雪？"

温乔很少见平安这样，拒绝的话到了嘴边又默默咽了下去，只静静地听他们说话。

宋时遇笑了一下，瞄了温乔一眼，说道："我六岁就学会滑雪了，今天保证能把你教会。"

平安不说话了，拿一双漂亮的眼睛直勾勾地看着温乔，等她同意。

温乔看了看他，又看了看宋时遇，只能无奈妥协："那好吧。"

平安整张小脸都亮了起来，嘴角抿出笑。

宋时遇嘴角也勾起一抹可疑的笑意，只是一瞬，就收了起来。

✳

温乔先回家洗澡换衣服，然后才带着平安去了店里。

温华只问了温乔还有没有哪里不舒服，别的什么都没问，倒是陈珊珊很八卦，从温乔这里问不出什么，又跑去问平安，平安那里她就更问不出什么来了。

一点半，忙完店里的事，温乔又回去洗了个澡，换了身衣服，要去滑雪当然不能穿裙子，选来选去，还是T恤牛仔裤最方便。

第 21 章 一家三口

两点钟,她带着平安准时下楼。

宋时遇已经在楼下等着了。

温乔一上车就一个哈欠连着一个哈欠地打,打得泪眼模糊。

宋时遇说道:"困了就睡一会儿,要开差不多四十分钟,到了我再叫你。"

冰雪小镇离市中心比较远,算得上郊区了,如果坐公交,要坐一个多小时才能到。

温乔听了宋时遇的话,也不强撑了,闭上眼睛很快就昏睡过去。

被宋时遇叫醒的时候,她的脖子都要断了,一边下车,一边捂着脖子疼得龇牙咧嘴。

下车以后,就有戴着工作牌的年轻女工作人员来接他们入场,姓张,说是安排给他们的向导。

小张长相秀气,口齿也很伶俐,笑着介绍道:"我们这边有滑雪区和娱雪区两个大的分区,滑雪区就是专门滑雪的地方,娱雪区有很多项目都很受小朋友的欢迎,我们可以先去娱雪区玩一会儿,然后再去滑雪。"

接着小张就带他们去挑选装备。挑好之后,她很热情地主动帮平安穿好了滑雪服和靴子。

温乔挑了件白色滑雪服,但是拉链好像有点问题,她低着头一直在弄,宋时遇在一边穿好了自己的滑雪服,就走过来帮她,试了两下就拉上去了,直接拉到最上面,顶住了她的下巴。

宋时遇眼里闪着笑意:"好像只企鹅。"

温乔不满地抬头看他,结果一眼就被惊艳了。

宋时遇也跟她一样,穿了件白色滑雪服,这么厚重的滑雪服,穿在她身上把她衬得像只企鹅，穿在宋时遇身上却一点都不显臃肿，而且衬得他皮肤很白、很年轻，整个人都像是在发光。

"小朋友也穿好啦！"小张把平安牵了过来，"好可爱的！"

平安也穿了一身白色滑雪服，戴着一顶毛线帽，只露出粉雕玉琢的小脸蛋，像个小雪娃娃，别提有多可爱了。

宋时遇笑着说道："平安，你看你姐姐像不像一只企鹅。"

"你才是企鹅！"温乔瞪他一眼，牵着平安往外走去。

平安被温乔牵着，偷偷抿着嘴笑。

小张也忍不住笑着说道："宋先生，您一家三口真幸福。"

宋时遇微微一笑："谢谢。承你吉言。"

小张愣了一下，回过神时，宋时遇已经迈开长腿跟上了前面那一大一小两只"企鹅"。

*

进了娱雪区，温度骤然降了下来，穿着滑雪服都感觉得到那股寒意，裸露在外的手和脸都冰冰凉凉的。地上铺了一层厚厚的雪，踩在上面吱嘎吱嘎地响。

平安一碰到雪，眼睛都亮了，顾不上去玩小张介绍的那些项目，先蹲在地上用手去捧了一捧雪，献宝似的捧到温乔面前："姐姐，是真的雪！"

温乔好久都没见他这么开心了，她的心情也跟着轻松起来，笑着问："开心吗？"

平安用力点点头，然后又蹲在地上用两只小手玩雪。

温乔也是第一次来，她也忍不住蹲下去抓了一把雪，发现这种雪跟自然

第 21 章 一家三口

落下来的雪还是很不一样的,没有那么蓬松,更沙一些,不过抓在手里的确冰凉沁骨,夏天里能体验到这种感觉还真是很奇妙的。

这天虽然不是周末,但是场馆里的人也不少,大多数是家长和他们的小孩,小朋友很多。

平安像个好看的雪娃娃,很快吸引了两个小女孩过来跟他一起玩。

温乔做了一个小雪人站起来,像平安刚才那样,也把它捧到了宋时遇的面前,说道:"你看,雪人!"

宋时遇看着她整张脸都生动起来,心口一阵悸动,嘴上却说道:"好丑,还是我来做一个吧,让你看看什么才叫雪人。"说着就蹲了下去,也开始在雪里扒来扒去。

小张站在一边,艳羡地看着就这么蹲在地上比赛起了做小雪人的"一家三口"。

他们两大一小非常专心地各自做了一个小雪人,对比起来,居然是平安做得最好看。

温乔把自己做的那个小雪人放在自己的手心里,然后拍了张照片。

宋时遇在边上说道:"这么丑还拍照。"

温乔说道:"你知不知道我刚才给它取了个名字?"

宋时遇失笑:"你还给它取了名字?"

温乔说道:"对啊,你想不想知道叫什么?"

宋时遇笑着问:"叫什么?"

温乔忍着笑说道:"就叫宋小遇。"

谁让你说它丑的。

宋时遇愣了一下，然后才反应过来她是在报复自己刚才说这个小雪人丑，他压住嘴角的弧度，挑了挑眉，举着自己手里的那个小雪人说道："那我这个就叫温小乔。"说着，他把这个小雪人放到了温乔手心里，和那个小雪人挨在一起，"给宋小遇和温小乔它们两个拍张合照吧。"

温乔："……"

这时平安举起了他做的那个小雪人："那我这个叫什么？"

宋时遇提议："叫平小安怎么样？"

温乔忍笑。

平安问："平小安能不能跟它们一起拍照啊？"

然后他们就发现温乔的手上已经放不下了，于是三个小雪人一齐被转移到了宋时遇的手上，温乔认认真真地拍了张它们的合照，宋时遇也拿出手机来拍了几张。

一旁的小张脸上不自觉地带着微笑，只觉得自己正在成吨成吨地吃狗粮，忍不住也拿着手机偷偷拍了几张照。

拍完照，宋时遇就把温乔和平安做的小雪人还给了他们，然后把手机递给一旁的小张："小张，麻烦帮我们拍张合影吧。"

小张连忙过来接过手机："好的！"然后拿着手机走到了他们正前方两米远的地方。

温乔还没反应过来，宋时遇已经在平安身边蹲了下来，一大一小两个人都抬起头，眼巴巴地看着还站着的她。

小张举着手机站在那里，笑着说道："温小姐，你也蹲下来吧。"

温乔只能依言在平安的另一边蹲下来，手里还捧着小雪人。

第 21 章 一家三口

小张打开摄像头对准他们，然后盯着屏幕感叹道："哇！你们都好上镜啊，好好看！来，都看着镜头，笑一下。1、2、3，茄子——"

温乔莫名有些紧张，不大自然地抿出一个笑。

"好啦！拍得特别好看！"小张走过来，把拍好的照片展示给他们看，开玩笑似的说道，"真的好好看，简直跟写真一样，我都不知道我的拍照水平这么高。"

温乔也忍不住凑过去看，然后微微一怔。

照片拍得真的很好看。

她笑得矜持，只有嘴角微微上扬，眼睛却弯了起来，平安罕见地笑得一脸灿烂，双手捧着小雪人，眼睛黑亮亮的，而宋时遇，他也笑着，笑得很温柔。

他们都穿着白色滑雪服，手里都拿着一个小雪人，看起来仿佛真的是一家三口。

看过照片后，小张把手机还给宋时遇，说道："现在可以去玩一下我们的弯道冰滑梯了，这个项目是我们娱雪区最受欢迎的项目，今天不是周末，人比较少，都不需要排队，如果是周末来的话，是要排很长的队的。"

平安看着手里的小雪人问："那这个雪人怎么办？"

温乔也舍不得丢掉自己做的小雪人，下意识看向宋时遇。或许连她自己都没有意识到，她已经不知不觉地开始依赖宋时遇了。

宋时遇对小张说道："小张，麻烦你帮我们把这三个雪人先存放到冰箱里，不要让它们融化了，晚一点我会让人过来取。"

小张立刻说道："好的，宋先生放心，我以前也保存过雪人，肯定不会让它们融化的。"说着,她小心翼翼地接过这三个小雪人。

温乔说道:"那就麻烦你了。"

小张笑眯眯地说:"不用客气。那我就先去啦,你们自己先玩,我马上回来。"然后她就捧着那三个小雪人走了。

宋时遇抬手在平安头顶上轻拍两下:"现在你可以放心去玩了。"说着看了温乔一眼,眼神里传达出的意思是一样的。

✳

平安罕见地展现出了孩子的本性,玩各种项目玩得不亦乐乎,一张雪白的小脸变得红扑扑的,玩冰滑梯还有碰碰车的时候,好几次都笑出了声音。

对普通小孩来说,尖叫和开心地大笑都是很常见的事,但是对于平安来说却很难得,平时他要笑也只是抿着嘴笑,极少发出太大的声音,今天却开心地咯咯笑了好几次,特别是跟温乔坐在同一辆碰碰车里,追着宋时遇撞或者是被宋时遇追着撞的时候,兴奋得小脸都发红。

温乔陪着他也玩得很开心,浑身都暖烘烘的,一点都不冷了。

在娱雪区玩了近两个小时,把里面的项目都玩了好几遍,他们三个终于出发去了滑雪区。

在滑雪区要另外租装备,小张带着他们去租头盔、护目镜和滑雪板。

温乔在一旁说道:"我就不滑了,看你们玩吧。"

宋时遇转头看她:"怎么了?为什么不滑?"

温乔干巴巴地说道:"我又不会,等下摔伤了怎么办。"其实她倒不是怕摔伤,主要是怕摔了丢脸。

宋时遇说道:"不会我教你,放心,摔跤难免,但不会让你摔伤的。"

第 21 章 一家三口

小张也笑着说道:"温小姐你不要担心,等一下你进去就知道了,在滑雪场摔跤是很正常的,滑得很厉害的高手都会摔跤,但是只要防护措施做到位了,不会那么容易就摔伤的。"

平安也眼巴巴地看着温乔,显然是想和她一起滑的。

今天平安这么开心,温乔也不想扫他的兴,只能勉为其难地答应了:"那好吧……"

宋时遇对小张说道:"小张,麻烦你带他们去拿护具,要全套的。"

小张带着温乔和平安去后面挑护具去了,宋时遇在前台租其他装备。

护具有正常护具,也有各种卡通玩偶造型的护具。平安平时再怎么沉稳,但到底还只是个八岁的小孩,目光不由自主地被那些稀奇古怪又可爱的护具给吸引了过去。

小张热情地推荐道:"用这种小乌龟吧,这是我们滑雪场最受欢迎的护具了,可以绑在屁股后面,然后再拿两个小的绑在膝盖上当护膝,前后都保护到了。"

温乔和平安从后面绕出去的时候,宋时遇已经租完滑雪板了,正在低头看手机,听到声响他抬头看过去,顿时有些忍俊不禁。

两人都提前佩戴好了护具,温乔屁股后面绑着一个乌龟,膝盖上又一边绑了一个小乌龟,而平安的装备和她一模一样,深刻验证了一句话——差生文具多。

温乔走到他面前去,说道:"笑什么啊,你不戴护具吗?"

宋时遇似笑非笑的:"我六岁就会滑雪了,你觉得我还需要吗?"

温乔:"……"

※

小张带着他们上了缆车，先上雪山。

说是雪山，其实就是一个大长坡，不过是为了好听才叫雪山。从缆车上面可以看到下面滑雪的人，温乔仔细观察了一番，发现果然大多数人都不怎么会滑，心里顿时放松了不少。

到了雪山顶上，就要开始上滑雪板了。

温乔紧张，让宋时遇不要管她，先去教平安。

宋时遇交代她："那你在这里待一会儿，不要乱动，我很快就回来找你。"

温乔乖巧地点点头。

宋时遇就去一旁教平安了。

小张微笑着说道："温小姐，你和宋先生好恩爱哦。"

温乔一愣，才反应过来小张是误会了，正准备解释，小张一脸羡慕地接着说道："很少见到像宋先生这么温柔细心的丈夫，又有耐心，平安也好乖，温小姐真有福气。"

温乔从没想过，温柔、细心、有耐心，这三个形容词居然能够放在宋时遇的身上。她下意识看过去，宋时遇正蹲下来，让平安扶着他的肩，然后教平安怎么把脚固定在滑雪板上，的确又温柔又有耐心。

她一时愣怔，都忘了跟小张解释，她和宋时遇并不是小张想象中的那种关系。

小张看了眼手机，忽然对温乔说道："温小姐，我离开一下，我同事叫我。"

温乔点点头："你去吧。"

第 21 章 一家三口

那边宋时遇帮平安穿好装备后,开始教他往下滑,他自己没有穿滑雪板,只是跟在平安身边指导他。

温乔忍不住拿出手机来拍了几张照片,又录了一小段视频,然后就一直站在原处,看着他们越滑越远。

等了一会儿,被同事叫走的小张一直没回来,她渐渐有些无聊,想着宋时遇没在边上看着,她没那么紧张,不如先适应一下,于是就自己研究着把滑雪板穿上了。

这上面是一片平地,温乔双手小心翼翼地拄着滑雪杖,感觉两条腿硬邦邦的。她十分艰难地挪了十几米,没掌握到精髓,人倒是出了一身的汗,还产生了对自己运动细胞的怀疑。

想当年学校运动会上,她可是名副其实的运动健将,运动细胞很强,怎么偏偏在滑雪上不好使?难道是因为地太平了所以滑不动?

温乔看着面前的大长坡,这里有两个雪道,一个靠右侧的雪道是给高手滑的,有好几个陡坡弯道。另一个更大范围的雪道是专门给初学者滑的,这个坡并不陡峭,还是挺安全的,她注意到有不少不会滑雪的都在慢慢地往坡下滑。为了等一下不在宋时遇面前出丑,她决定自己先在这边练习试试看。

温乔谨慎地挪到了平台的边缘,双手拄着滑雪杖,深吸了一口气,然后往后一撑,模仿着其他人的动作,微微屈下膝盖,身体前倾,小心翼翼地往下滑去。

一开始滑得很顺利,滑雪板很流畅地从雪上滑过,温乔双手握着滑雪杖,保持身体稳定,足足往下滑了十几米,她脸上忍不住露出笑容,心想,滑雪也不是很难嘛。然而没过几秒,她就感觉脚下的滑雪板被什么东西拱了一下,她一下子失去了平衡,身体一晃动,滑雪板就开始拐弯——

温乔试图用滑雪杖杵在地上让自己停下来,滑雪板的速度的确慢了下来,但是她自己的身体却完全失去了平衡,整个人都向前倒去,她的脚又固定在滑雪板上,导致她上半身往下一坠,双膝跪地,脑袋栽进了雪里,看起来就像是给面前的人拜了个早年。

周围传来善意的哄笑声,还有小孩夸张的哈哈大笑。

温乔简直想就这么栽在雪里不起来了。

就在这时,一道声音在她头顶上响起:"你没事吧?"

是一道很年轻的声音,很明显在忍着笑。紧接着,有一只手握住她的手臂,一用力将她从雪里拔了出来。

温乔丢了个这么大的脸,满脸通红,胡乱道谢:"谢谢,谢谢。"

她头也不好意思抬,只想快点从这里滑走。

像是看出她的窘迫,男生安慰她道:"没关系的,滑雪摔跤很正常,你不用觉得丢脸。"

温乔心生感激,终于抬起头来道谢:"谢谢。"

对方是个二十出头的年轻帅哥,穿了身蓝色的滑雪服,笑起来很阳光:"不客气。"

温乔笑了笑,正准备滑走,男生却又开口了:"你是第一次滑雪吗?"

温乔只能停下回答:"是啊。"

男生又看了看四周:"没有教练跟着你吗?"

温乔发现他真的很爱笑,说话的时候脸上也一直在笑,她本来还有点尴尬的,然而都被他这种阳光的笑容给消解了,她也笑了笑,解释道:"我跟朋友一起来的,他等一下来教我,我现在就是自己乱滑一会儿。"

男生"哦"了一声:"这样啊。"

温乔又对他笑了笑,说道:"刚刚谢谢你了,那我先走了……"说着就再次坚强地挥动滑雪杖,往前滑去,滑出十来米,忽然听到身后有声响,她用余光一瞥,一道蓝色的身影正飞快地向她滑过来。她心里一紧,生怕被人撞到,然而那道蓝色的身影非常流畅地从她身边滑过,在她前方停了下来,然后转头对她说道:"身体放松一点,背不用压得这么低。"

居然还是之前那个男生。

温乔不由自主地照他说的做了,慢慢把背往上抬起一点,然后试着放松僵直的双腿,缓慢向前滑行。

男生也保持着和她差不多的速度在她旁边滑行:"你是第一次滑,已经滑得很好了,平衡能力很好。"

温乔笑了笑,刚要说话,突然一道白色身影伴随着冷风从她身边飞速刮过,在前方漂亮地画了一个圈,然后停了下来。

穿着白色滑雪服、裹着一身寒气的宋时遇冲她微笑:"我不是让你不要乱跑,在上面等我吗?"

第 22 章
融化的是她的心

男生看到宋时遇，微微惊讶了一下，随即看了温乔一眼，笑着说道："看来你朋友来了，已经不需要我了。再见。"说完就潇洒地滑走了。

温乔见那男生走了，这才跟宋时遇解释："我刚刚自己试着滑，在上面摔了一跤，他就教了我两句。"见他脸色还是不大高兴，干脆转开话题，"平安呢？"她刚问完，回头就看到平安正自己从上面滑下来，居然有模有样，滑得很稳。

再转头的时候，宋时遇已经脱了滑雪板，向她走过来。

"你不滑了吗？"温乔连忙说道，"其实你不用教我，我自己慢慢滑就行了。"

她对宋时遇教她实在是有阴影，担心他会像以前辅导她功课的时候那样发脾气。

这时，平安稳稳地滑到了温乔的身边，停下来认真地说道："姐姐，你不要怕，学起来很容易的。"

宋时遇说道："听见了吗？不要怕。"

温乔脸上一热，搞得好像她有多胆小似的。

第22章 融化的是她的心

宋时遇和平安一大一小各站一边，左右护法似的把她夹在中间，护送着她往前滑。

温乔憋着一口气开始认认真真地学，每每她人晃起来要倒，宋时遇就伸了手过来让她抓住，倒是一跤都没摔。

滑了一阵，宋时遇说道："平安，你自己去熟练一下，你姐姐交给我。"

温乔也不想平安因为一直守着她而玩不痛快，点头说道："平安你自己去玩吧。"

平安也是刚刚学会，新鲜劲头还没过，听他们这么说，就放心地自己滑走了。

"你别紧张，我不会骂你，更不会对你发脾气，时间还有很多，慢慢来。"

宋时遇看出温乔很紧张，还总是偷偷摸摸地看他脸色，就知道她肯定是怕他，心里也很不是滋味。

温乔诧异地看他一眼，嘟囔道："我没有啊。"嘴上这么说，心里却偷偷松了口气，她是真的有点怕他突然甩脸色给她看。

宋时遇淡淡地瞥她一眼，没有戳穿她。

别人几分钟就能滑到底的长坡，温乔足足滑了半个小时，宋时遇也在一边耐心地陪了她半个小时。他倒真像他承诺的那样，没有骂她也没有对她发脾气，更没有甩脸色给她看，反而还被温乔用余光瞥到他频繁地在笑。

就这么一趟下来，温乔腿都软了，感觉到身体已经被厚厚的滑雪服捂出了汗，虽然累，但是很开心，所以最后到达终点的时候，她忍不住咧嘴笑了。

宋时遇问："好玩吗？"

温乔点点头，她头上戴着头盔，滑雪服的拉链也拉得很高，只露出一张红扑扑的脸,眼睛里闪着晶亮的光,说话的时候嘴里喷出白色的雾气:"好玩,但是好累啊,我想休息一会儿。"

宋时遇屈指在她的头盔上敲了两下:"体力怎么这么差,一趟就累成这样。"顿了顿,接着说道,"那我先带平安上去,你自己在这里玩一会儿。"说完他蹲了下去,凑到她脚底下,把她滑雪板上的卡扣全都解开,然后才站起来,盯着她强调:"别再跟别人跑了。"

温乔胡乱地答应了一句。

等宋时遇带着平安去坐缆车了,她忍不住审视自己,当她知道宋时遇为她吃醋的时候,她其实是暗喜的,心里有种酸酸麻麻的感觉,身体似乎分泌出了一种能够刺激到她、令她愉悦的东西。

好像高中的时候就是这样,如果宋时遇因为她跟别的男孩子走得太近而不高兴,她虽然不理解,但是心里会偷偷开心,把这当成他喜欢她的证明。

温乔看着宋时遇和平安离开的背影,以及迎面走来的路人看到宋时遇时脸上被惊艳到的表情。

生命里曾经出现过一个这么耀眼的人,还曾经被她拥有私藏,她怎么可能再喜欢上其他人?又怎么可能做到不再喜欢他?

宋时遇像是感觉到了似的,忽然转过头,视线精准地落在她身上,冲着她抬了抬下巴,才转回去继续走。

旁边有个四十来岁的阿姨凑过来,好奇地问:"那两个是你老公和你小孩啊?"

温乔愣了下,然后才礼貌地笑着说道:"不是。"可她一时间却不知道该怎么介绍宋时遇。

第22章 融化的是她的心

阿姨接着说道:"那是男朋友哦?这么帅的男孩子还这么温柔体贴,很少见了。"

温乔这次没有否认,只是抿唇笑了笑,反正只是陌生人,误会就误会了吧。

而此时就在不远处,一个女孩正拿着手机低头打字。

"天啦!我居然在冰雪小镇偶遇时遇哥和他女朋友了!"

原本正在有一句没一句讨论晚上吃什么的群立刻热闹起来。

酒窝:"啊!快偷拍两张看看。"

奶茶:"这是全世界都在偶遇吗?"

南风:"我昨天还去了。"

女孩把刚才偷拍到的照片发了出去。是宋时遇蹲下去给温乔解滑雪板卡扣的那一幕,拍了好几张,其中三张都是没露脸的,只有最后一张拍到了宋时遇的侧脸。

"宋时遇对女朋友超级温柔!我在边上看到简直震惊了!"

南风:"这就是宋时遇女朋友?也不是什么天仙啊。"

句号:"@南风 你以为谁都跟你一样肤浅?只看脸?"

奶茶:"我觉得很好看啊!锦年上次形容得就很精准,气质好舒服,而且看着是素颜呢!还是偷拍,已经很好看了!"

酒窝:"看着年纪好像挺小的。"

照片上温乔略低着头,头上戴着头盔,只露出一张白净清秀的脸,看着很年轻。

女孩又忍不住抬头看了看站在那里的温乔,然后低头打字:"真人比照片好看！气质也很温柔。"

四五路梁朝伟："@南风 他就喜欢网红脸，欣赏不来这种天然美。"

南风："过分了吧？ @周锦年 人呢？出来认一下是不是昨天你在酒吧见过的那个。"

周锦年大概是没有看手机，总之没有出现。

✱

温乔口袋里的手机响了两声，她摘了手上的厚手套，把手机摸出来一看，是黎思意给她发了一张图片。

她点开一看，顿时一愣，下意识地抬起头四下找了一圈，并没有发现黎思意，又低头去看手机，黎思意刚才发给她的图片，是宋时遇蹲着给她解滑雪板卡扣的照片，看距离，就是在她边上拍的。

温乔给黎思意发了条微信："你在附近吗？"

黎思意回得很快："不是我拍的，是一个朋友拍的，发到群里被我看见了。"

温乔忍不住抬起头又看了一圈，只看到一个穿红色雪服的女孩子站在不远处，她也正往这边看，两人对上眼以后，她好像被抓到了一样，下意识躲闪了一下，然后才冲温乔抿着嘴笑了笑。

温乔并没有害羞或是局促，在面对绝大多数人的时候她都很自在，她大大方方地对那个女孩笑了笑，接着低头去打字："我好像看见了，是个女孩子吗？"

黎思意回："对，脸圆圆的，很可爱。"

温乔又抬起头看过去，发现那个女孩子还在偷偷看她，大概是没想到她

第22章 融化的是她的心

又抬头了,这回女孩的脸都微微红了,的确跟黎思意说的那样,脸圆圆的,很可爱。

她看见那女孩犹豫了一下,然后往她这里走了过来。

"你好,我叫朱晴。"女孩自我介绍之后,有点不好意思地说道,"我跟时遇哥是认识的,我刚才看到你们在一起,就没好意思过来。"

温乔没想到她居然会过来跟自己打招呼,看女孩的态度很友善,她也微微笑了笑,说道:"你好。"

"温小姐。"就在这时,小张也走了过来,笑着说道,"宋先生怕你一个人在这里无聊,要我过来陪你。"说完,她还好奇地看了那个叫朱晴的女孩一眼。

温乔对她笑了笑,然后看向朱晴。

朱晴看了眼小张胸口戴着的工作牌,爽朗地说了声"嗨"。

小张也笑着说了声"嗨"。

互相认识了一下以后,小张问朱晴:"你一个人吗?"

朱晴说道:"跟朋友一起来的,我滑累了,先休息一下。"

她们正聊着天,宋时遇滑了过来,在离她们一米远的地方稳稳地停了下来,他扫了朱晴一眼,有一丝诧异。

朱晴看到宋时遇,弱弱地叫了声"时遇哥"。

宋时遇淡淡地点了下头,然后看向温乔:"你们认识?"他过来的时候就看到朱晴在跟温乔说话。

温乔还没说什么,朱晴就连忙解释道:"时遇哥,我们以前不认识,是刚才我看到你们在一起,我才过来跟她打招呼的。"

平安也滑了过来,在宋时遇身边停下,他已经滑得很不错了,温乔之前看到他在上面摔了一跤,但是很快就爬了起来。

他一张雪白的小脸上带着红晕,眼睛亮晶晶地发着光,开心地说道:"姐姐,我已经学会了!"

"平安真棒。"温乔笑着摸了摸他的小脸,发现他的脸被冻得冰冰凉,又有点担心,"冷不冷啊?"

平安摇摇头,抿着嘴笑:"一点都不冷,还有点热,身上都出汗了。"

温乔这才放心了。因为平安在一两岁的时候体质很弱,经常生病,被接到她身边之后,她很注意平安的营养,他的身体也越来越好,现在一年到头都难感冒一次,让她少操了好多心。

"这是你弟弟啊?"朱晴看着平安惊叹地说道,"长得好可爱啊!"

温乔让平安叫人,平安乖巧地叫了声"姐姐"。

朱晴笑得眼睛都弯了起来,甜甜地应了一声。

温乔对宋时遇和平安说道:"你们继续滑吧,不用管我们。"

宋时遇点点头:"那你们聊。"转头对平安说:"走吧。"

平安点点头,又看了温乔一眼,跟在宋时遇身后滑走了。

朱晴忍不住在心里嘀咕,他们这也太像一家三口了吧。

✱

滑完雪已经是六点四十几分了,玩了三个多小时,平安算是过足了滑雪的瘾。

温乔很少见平安这样开心,从场馆出来,平安仿佛还处于兴奋状态,一张总是有些苍白的小脸上带着微微的潮红,眼睛也一直亮亮的。

第 22 章 融化的是她的心

温乔也很高兴,可是也越发觉得自己亏欠平安。她工作太忙了,在餐厅后厨打工没有固定的假期,她休假的时候平安要上学,平安放假的时候却是她最忙的时候,再加上这些年她存在手里的一分一毫都拿去还债了。

平安在她身边这五年,她带他出去玩的次数屈指可数。平安又过分懂事,就算去外面玩,他也总是这也不要那也不要,要收钱的项目他就一概说不喜欢,她买的小吃,他一向坚持要她吃第一口。

温乔很心疼他的懂事,希望他也能像别的小孩那样无忧无虑。今天,似乎是她第一次看见平安真正无忧无虑的样子,像普通小孩那样发出咯咯咯的笑声。

离开的时候,宋时遇还在场馆外的奶茶店买了两个冰激凌,温乔和平安一人一个。

上车前,宋时遇先给平安开了后座车门让他进去,然后问温乔:"冰激凌好吃吗?"

温乔点点头:"挺好吃的,你要不要再去买一个?"

"不用了,我尝一口就行。"宋时遇说着,忽然凑近了,自然地握住她举着冰激凌的那只手,低头在她吃过的冰激凌上咬了一口,"唔……挺好吃的。上车吧。"

温乔呆呆地看他一眼,又呆呆地看了一眼被咬了一口的冰激凌,欲言又止地坐进了副驾驶。

她手里拿着冰激凌,吃也不是,不吃也不是。

宋时遇坐进驾驶座,瞥了她一眼,伸出手:"嫌弃的话给我吧。"

温乔下意识缩了一下,看了眼他,没说话,默默地低头咬了一口冰激凌。

宋时遇缩回手，得寸进尺："再给我吃一口。"

温乔明知道他这是在试探自己的底线，可是却依旧无法拒绝，只是偷偷换了个边，然后默默地递过去。

宋时遇凑过来咬了一口，冰激凌还含在嘴里，嘴角已经控制不住地勾了起来。

很自然地，宋时遇开车带他们去吃了晚饭。

温乔第一次吃这么新鲜这么大只的虾，哪怕不蘸汁，也足够清甜怡口。

平安爱吃虾，但是又不怎么会剥，大半天才剥出一只，她就给平安剥了几只，余光看到宋时遇也在剥虾，立刻惊讶地制止："你过敏，不能吃的。"

"我知道，给你剥的。"宋时遇说着，摘掉手上的一次性手套，把一小碗剥好的虾放到她面前，"吃吧。"

平安看看温乔，又看看宋时遇，然后继续吃自己的。

平安大概是很久没有过这么大强度的运动了，吃完饭，在回去的路上他就窝在车后座歪着小脑袋睡着了，看着像是累坏了。

车子停在楼下后，温乔下车开了后座车门，刚弯腰准备钻进去，宋时遇从后面握住她的肩膀把她轻推开："我来。"

温乔退到一边，看着宋时遇把平安从车里抱出来，还抽出一只手来把车门关上。

宋时遇抱着平安走进楼里，她也连忙跟上去。

看着宋时遇抱着平安轻轻松松地上楼梯，温乔还是忍不住感叹了一下男女力量的差距，她背着平安上楼梯都很累，中途要休息好几次。

✳

第22章 融化的是她的心

这是宋时遇第一次进到温乔家里。

和他那边是一模一样的格局,但是他那边在他入住前,周秘书就已经换好了全套新家具新电器,而温乔用的都是房东提供的家具电器,只有一台空调是自己装的,显得要破旧许多,但是房间里却收拾得井井有条,一点都不乱。

因为平时都在店里吃饭,房间里只有一张椅子,是平安做作业和她记账的时候坐的。

把平安安顿好后,温乔和宋时遇去到外面走廊。

温乔小心关上门,看着宋时遇感激地说:"今天谢谢你,我好像从来没有见平安像今天这么开心过。"

以前她带平安出去玩,平安当然也很开心,可是他心思重,比她操心的还多,她要买什么给他玩,买什么给他吃,他都不会要,就担心会花钱,总是一副有很多顾虑的样子,不像其他小孩那么无忧无虑。

但今天因为宋时遇在,多了很多明里暗里的便利,很多事情都不需要操心了,全程都不需要带脑子,只要跟着他玩就可以了。

宋时遇问:"那你呢,开心吗?"

温乔诚实地点了点头,她当然也是开心的,她也很少有像今天这样放松的时候,特别是看到平安那么开心,她的开心更是翻倍了。

宋时遇看着她上扬的嘴角和亮晶晶的眼睛,眉眼间的清冷如冰雪消融,他笑了笑说道:"今天我也很开心。"

走廊里,昏黄的光线下,两人絮絮低语,某种奇异暧昧的氛围在悄然滋生。

温乔看着他眼尾和唇角的笑,忽然有些不自在:"那个,我还得去店里看看……"

宋时遇说道:"我送你。"

温乔忙说道:"不用不用,你昨天晚上就没睡好,今天又陪我们玩了一天,肯定很累了,还是早点睡吧。"

宋时遇说道:"我不累。"

温乔说道:"真的不用了,就那么几步路,你陪我走过去又要一个人走回来。"

宋时遇忽然沉默了一瞬,然后神情有些失落地说道:"我只是想把今天的开心延续得久一点。"

温乔怔了怔。

"我也不敢睡,怕睡醒了发现今天发生的事情只是一个梦。"他看了看温乔,像是有些勉强地微微笑了一下,"既然你不要我送你到店里,那我就送你到楼下好不好?"

这勉强的微笑,恳求的语气,温乔绝对有理由怀疑宋时遇在故意示弱,目的就是让她心软,但她就算明知道宋时遇是故意的,还是招架不住,只能努力绷着脸点点头,用勉为其难的语气说道:"那好吧。"

宋时遇点头,嘴角若有似无地勾了一下:"那我就送你到楼下。"

他的确是在故意示弱,昨晚在酒吧他就已经试探出了她对他的态度,而今天一天下来,他更是验证了他的判断。温乔现在是吃软不吃硬,只要他姿态放低,她的抵抗就会一减再减。

他心情很好,浑然不觉自己当初也是这样,不管生多大的气,只要温乔

第22章 融化的是她的心

先低头,哄他几句,他就迫不及待地跟她和好了。其实是一样的道理,在喜欢的人面前,心是硬不起来的,总是心甘情愿地退让妥协。

温乔让宋时遇送她到楼下,就不肯让他再送了。

"那你回来的时候能不能敲我的门把我叫醒?我怕我睡着了。"宋时遇说道。

"为什么要叫醒你?"温乔奇怪地问道。

"我有东西给你。"宋时遇抛出诱饵,"是能让平安明天醒来很开心的东西。"

"是什么啊?"温乔好奇地问。

"你回来的时候叫醒我就知道了。"宋时遇说道,"你要是没来叫我,明天就不能给平安惊喜了。"

温乔半信半疑地看着他,忍不住问:"是什么东西呀,你是给平安惊喜,又不是给我惊喜,为什么不能让我知道?"她自己没发觉,她在宋时遇面前已经慢慢地越来越放松了。

宋时遇嘴角微微一勾:"想知道?"

温乔点点头。

宋时遇眉梢微挑:"那你拿什么来换?"

她下意识问道:"换什么?"

换?她有什么东西可以跟他换的?

宋时遇说道:"换你以后收到我的微信要回复。"

温乔脸上一热,心虚地解释道:"我不是故意不回复,是有的时候在忙。"

她当然也没那么忙,回个消息的时间还是有的,只是有的时候听到了声音，会故意假装没听到。"你不会是买了什么吧？"她忽然皱着眉说道，"要是花钱买的东西，平安不会收的。"

宋时遇却半点口风都不露，只说道："不是。既然你不想知道了，那就走吧，等回来再来找我。"

温乔也放弃了，强按住自己的好奇心，说走就走。

她当时走得潇洒，但是在店里的时候却一直在想宋时遇要给的到底是什么东西。

现在店里没她也可以正常运转了，温华已经不像刚开始接手时那样手忙脚乱，颠起勺来有模有样，而且有了点店里小领导的样子，刘超和周敏做事也都很扎实勤恳，三个人说话玩笑也不耽误做事，虽然忙碌，但是气氛却很好。

只有陈珊珊格格不入。

店里没那么忙的时候，陈珊珊把温乔叫去了后面，说温华带着刘超和周敏孤立自己。

温乔一时有些无奈，温华跟陈珊珊关系不好这是真的，但是说温华带着刘超和周敏孤立陈珊珊，她却是不信的。她平时也会观察他们，周敏是陈珊珊的同学，也是陈珊珊介绍过来的，按理来说两人的关系应该不错，但是也不知道为什么，陈珊珊对周敏总是爱搭不理，说话也总是带着一种高高在上的语气，时间久了，周敏也就不爱跟陈珊珊说话了，反倒是跟温华越来越熟。

而刘超呢，据温乔观察，他一开始对陈珊珊似乎有些好感，表现得也挺明显的，但是突然就冷淡起来了，两人在店里非必要不说话，温乔猜想他们在私底下肯定发生了什么不愉快的事情。

第 22 章 融化的是她的心

在温乔看来，陈珊珊是一个个地把自己和店里每个人的关系都弄糟了，现在却觉得是他们一起孤立她。

"珊珊，小华跟你合不来我知道。"温乔尽量语气和缓地说道，"可是周敏是你的同学，她怎么会跟别人一起孤立你呢？而且我平时在店里，看到的都是她跟你说话，你却不怎么理会她。"

陈珊珊的脸色变了变，没说话，像是默认了。

温乔又接着说道："你跟刘超呢？如果我没看错，他刚进店里的时候，是喜欢你的吧？"

陈珊珊还是没说话。

温乔说道："肯定是你们两个私底下发生了什么，他才开始回避你的对吧？并不是故意孤立你。"

陈珊珊的脸色霎时一阵白一阵红，梗着脖子说道："那你的意思是都是我的错了？"

温乔好声好气地说道："我不是说都是你的错，只是想告诉你，小华没有让他们孤立你，如果你想和他们好好相处，那或许可以考虑改变一下你和他们过往的相处方式。"

陈珊珊无话可说，憋着气出去了。

温乔无奈地叹了口气。

如果是别人，温乔可能早就找个借口把她辞退了，可是陈珊珊是表姑的女儿，温乔总是记着表姑在她最难的时候帮了她。

她在外这些年，表姑也时常去看望奶奶，家里种的菜、土鸡蛋鸭蛋什么的，总是会送些过去，前天表姑还在微信上问她陈珊珊在她这里做得怎么样，又说知道陈珊珊性格不好，希望她能多包容。

所以对陈珊珊，除非犯了什么绝对无法原谅的错误，或者自己想走，不然她的确只能多包容，就当是报答表姑了。

陈珊珊刚出去，温华就来了，开口就问："温乔姐，陈珊珊是不是来找你告状了？"

温乔说道："没有。就是跟我聊了一会儿。"

温华不信："哎呀，我知道的，温乔姐，你别理她，现在店里没有一个人喜欢她，都是她自己作的。"他也忍不住告状，"你不知道，你不在店里的时候她什么都让周敏去干，自己就在那儿玩手机。"

温乔又叹了口气，无奈道："小华，你也知道我不可能让她走。就算是看在我的面子上，你不要老是跟她斗气拌嘴了，哪怕心里不喜欢她，也不要表现得那么明显，试着好好相处。"

温华也是知道内情的，撇了撇嘴说道："温乔姐你就是对她太好了，才惯得她这样。"

温乔苦笑，她天生做不来恶人，所以招人就尽量招像周敏和刘超这样比较好管理的，温华也是，只有陈珊珊是走后门进来的，她也没办法控制。

"小华，要炒一份花甲。"周敏找到后面来。

温乔拍了拍温华的肩："好了，先这样吧，你记住我说的话。"

温华勉强点点头，跟着周敏一起出去了。

最近店里的生意越来越好，就算是工作日，店里的桌子也都坐满了，周六周日排队的人更是越来越多，温乔想着按照现在的生意，店里应该要再招一个人了，而且也要做好陈珊珊随时离开的准备，以陈珊珊的性格，真要走

第 22 章 融化的是她的心

的话，怕是不一定会提前一个月说。

※

眼看快凌晨三点了，最后两桌客人看起来短时间内吃不完，温乔今天在外面玩了一天，这会儿累得撑不住了，再加上一直惦记着宋时遇说的那个东西，想着这个点也不会有太多客人过来了，于是交代周敏和陈珊珊提前下班，让刘超和温华等这两桌客人吃完再走，然后就先回去了。

她在路上先给宋时遇发了条微信，他没回，应该是睡着了。

回到家，站在宋时遇家门口，温乔犹豫了一下，他昨晚上就没睡好，这会儿应该睡得很熟了，但想着晚上他说的那些话，她还是抬起手敲响了门，就敲九下，敲九下他都没醒来就算了，没想到才敲到第六下，她就听到了里面响起的脚步声。

温乔收了手，忍不住想，宋时遇睡得可真浅，这么小的敲门声都能把他吵醒，如果是她，大概得敲上好几分钟才能听到。又想，原来这门这么不隔音，连脚步声都听得这么清楚。

紧接着面前的门开了，穿着睡衣的宋时遇睡眼惺忪地出现在她面前，把门全敞开后就往屋里走："几点了？"

温乔站在门口，愣了愣，说道："快三点了。"

宋时遇回头，看她还站在门口，说道："在门口站着干什么？进来啊。"

温乔犹豫了一下，还是走了进去。这是她第一次来宋时遇这边，才发现他这边的家具电器都是全新的，显然是他搬进来后新换的，不过这些崭新且高级的家具电器在这里显得有些格格不入。

"过来。"宋时遇蹲在冰箱边上叫她。

温乔疑惑地看着他,难道他说的东西在冰箱里?

她走过去,看着他打开了冰箱下面的冷冻门,献宝似的:"看。"

她弯腰去看,顿时愣了愣,被她忘到九霄云外去的三个小雪人正你挨着我,我挨着你,被整整齐齐地摆在那里。

宋时遇目不转睛地看着温乔脸上的表情,笑着说道:"我让司机去拿的,放在车载冰箱里,一点都没融化。"

温乔看了看那三个小雪人,又看了看宋时遇。他蹲在冰箱前,抬起一张好看得过分的脸笑着看她,一贯清冷的眼神里带着隐隐的期待,一脸求表扬的表情。

是啊,雪人一点都没融化,融化的是她的心。

温乔小心翼翼地把三个小雪人捧回去,放到了自己的冰箱里,想象着平安明天早上起来看到会有多高兴,忍不住也扬起了嘴角。

她早就把这三个小雪人忘得一干二净了,没想到宋时遇居然还记得。

她蹲在冰箱前呆呆地看着这三个小雪人,想着宋时遇刚才那个求表扬的表情,又忍不住有点想笑,就这样傻傻地看了半天,直到被冰箱里的冷气冻得身上直打哆嗦,才关上冰箱门去睡觉了。

※

温乔第二天早上醒来的时候,平安已经坐在书桌前看书了。

温乔从床上坐起来,问道:"平安,你吃早餐了吗?"

平安从椅子上下来,走过来说道:"姐姐你醒啦。我已经吃过了,跟哥哥一起在楼下吃的牛肉粉,哥哥还给你打包了一份,在电饭煲里热着。"

"哪个哥哥?"温乔一时没反应过来他说的哥哥是谁。

第22章 融化的是她的心

"住在我们隔壁的哥哥。"平安说道。

温乔缓了一下才问道:"你跟他去吃早饭了?"

平安点点头,语气轻松:"我刚刚下楼买早饭,他也出门,我们就一起吃了牛肉粉。"

温乔半晌没说话,还是有点蒙。

平安说道:"姐姐,你起床洗漱吧,我去把牛肉粉端出来。"

温乔怕他被烫到,连忙掀被子起床:"我自己去弄。"

平安把桌子上的东西收到一边,腾出地方来:"姐姐,他连电饭煲都不会用。"

温乔打开电饭煲,顿时一阵诱人的香味扑出来:"他又不用自己做饭,当然不会用了。"

她说着,把牛肉粉倒进碗里,端到书桌上,香味一阵阵钻入鼻端,她突然觉得饿得厉害,于是决定先吃完再刷牙。先吸入一大口粉,紧跟着再喝一口热汤下去,温乔满足地叹了口气,感觉人一下子活了过来。

平安忽然问道:"对了姐姐,他说你有东西要给我看,是什么东西啊?"

温乔猛地想起来冰箱里那三个小雪人,匆忙咽下塞了一嘴的粉后,她才故意轻描淡写地说道:"哦,就在冰箱里,在冷冻层,你自己去看吧。"

"是什么啊?"平安问。

"你去看了就知道了。"温乔说道。

平安就过去了。

温乔转过身,看着平安打开冰箱,弯了弯身子,然后背对着她发出"哇"的一声。

温乔忍不住笑了。

平安扭过头来，整张小脸都亮了起来，一脸惊喜地说道："是我们做的小雪人！"

其实他昨天在回家的路上就想起来了，只是自己要是说出来，又要掉头去拿，怕麻烦他们，于是就假装忘记了，但是心里很舍不得，没想到现在居然会出现在家里的冰箱里。

温乔没有贪功，告诉平安："是隔壁哥哥昨天晚上让人去拿回来的。"

平安又扭过头去看那三个挨在一起的小雪人，看了好一会儿，才扭回来看着温乔，认真地说道："姐姐，我喜欢那个哥哥。"

第 23 章
"嗯。我还在等她。"

"为什么?因为他昨天教你滑雪吗?"温乔连筷子都放下了,惊讶地看着平安。

她一直都知道,平安乖巧、懂事,他从小就晓得怎么讨大人喜欢,这能让其他大人在她不在的时候关照他,但是她也知道,平安不会轻易和谁建立亲近的关系,无论是大人还是孩子。这么些年,大人里只有一个穆清,小孩里只有一个贺灿能够得到他的"青睐"。

穆清一直都很照顾他们,平安也是她看着长大的。而且她对平安十分宠爱,现在收在柜子里的那些很贵的玩具、手办,包括平安现在戴的电话手表,都是她买的。平安能够那么顺利地入学,也是穆清在打点,平安亲近她是理所当然的。

而贺灿则是一派天真,平安再冷淡,贺灿都能一脸灿烂地凑过去,今天两个人闹了别扭,明天他就能抛之脑后,继续来找平安了,有什么好吃的、好玩的,他也总记着给平安带一份。温乔看得出来,平安也是真的把贺灿当成了自己的好朋友,否则不会那么耐心地给他辅导功课。

平安的心智比同龄小孩成熟很多,他的心不是一天两天就能打动的。可宋时遇和他连面都没见过几次,他居然会说他喜欢宋时遇。

"不是。"平安摇了摇头,关了冰箱门走过来,然后一本正经地看着温乔说道,"是因为他对你好。"

他能够感觉到,宋时遇对他好,并不是在讨好他,希望他能够在姐姐面前说他的好话。这些年有一些喜欢姐姐的大人,都是买玩具、买吃的来讨好他,希望他能够在姐姐面前说他们的好话。可宋时遇对他好,就只是因为他的姐姐是温乔。

这个答案显然有些出乎温乔的意料,她不禁一愣。

平安翻开书桌上的卷子,像给贺灿讲解题目一样冷静地分析道:"他在教我滑雪的时候也总是往你那边看,他记得你喜欢吃什么菜,会在外面给你剥虾,他还记得把雪人带回来,给你打包牛肉粉的时候也知道要加辣。"最后不忘补充上一点很重要的信息,"还有,今天早上吃粉的时候我问过了,他没有找过别的女朋友。"

温乔被他说得一愣一愣的:"平安,你这都是从哪里学来的?"

"电视剧。"平安顿了顿,接道,"还有小说。"

温乔觉得有些匪夷所思:"你在哪里看的电视剧还有小说?"

平安平时在家都是写作业、看卷子、看教科书,都没见他看过什么小说和电视剧。

平安老老实实地交代道:"在贺灿家看的电视剧,小说是在学校看的。"

温乔一时无语,忽然发现平安好像比她想象中还要更全面发展。她一直以为他只对学习感兴趣,担心他以后人际关系会有问题,但是现在看起来,好像是她多虑了。

第23章 "嗯。我还在等她。"

平安说："好了姐姐，你先吃粉吧，再不吃都要凉了。我就是想告诉你，你喜欢谁就跟谁在一起，不用担心我，只要是你喜欢的，我也会喜欢的。"

温乔用筷子在碗里夹了几下，又忍不住看了眼平安，心想平安是不是看出什么来了？

她捧着碗喝了口热乎乎的汤，听到手机响了两声，她刚要起身去拿手机，平安说道："我去拿。"说着就去床头柜把她的手机拿了过来。

温乔打开手机，是黎思意发来的微信。

"你看见宋时遇新换的微信头像了吗？"

温乔手里还拿着筷子，只能翘起一根手指打字回复："没有，怎么了？"

听黎思意这么一说，她退出聊天页面，去看宋时遇换了什么新头像。

宋时遇的名字紧跟在黎思意的后面，原本蓝色大海的头像变成了一个雪人，温乔愣了愣，点开他的头像大图，居然是昨天在滑雪场，他让她发给他的那张。照片里是她做的那个被她命名为"宋小遇"的雪人，底下还露出了她的手，一看就知道是女人的手。

黎思意又发来一条微信："看到他头像了吗？你再去看看他的朋友圈背景图。"

温乔又点进了宋时遇的朋友圈，她一眼就认出了背景图里那个穿着白色雪服的背影。

她正在跟平安打雪仗，手里抓着一个雪球作势要丢出去，隐隐约约的一点侧脸上也看得到因为笑容而牵起的脸颊肉，是一张看起来就很开心的照片，温乔光是看着就忍不住跟着微笑起来，也不知道他是什么时候拍的。

手机又叮叮当当进来好几条微信，都是黎思意发的。

"今天好多朋友给我发微信问东问西。"

"问宋时遇是不是动凡心了。"

"还有问你是谁的。"

"乔乔,你跟宋时遇现在是什么进展啊?重新在一起了吗?"

温乔为难地不知道该怎么回,斟酌了一会儿才发消息道:"没有。昨天我跟平安出去玩,宋时遇说他也想去,就跟我们一起去了。"

刚回完黎思意,手机里又进来一条微信。

宋时遇:"醒了吗?"

温乔顿了顿才回复:"刚醒。"

宋时遇:"电饭煲里有牛肉粉。"

温乔:"我正在吃。"

宋时遇:"那你先吃。"

温乔吸溜了两口粉,眼睛却一直盯着手机,没忍住,又问了句:"有什么事吗?"

宋时遇秒回:"吃东西专心点,吃完再说。"

温乔一噎,压下好奇,几口把剩下的粉吸溜完,又咕咚咕咚喝了两口汤才终于放下筷子,给宋时遇发微信:"吃完了。"又怕宋时遇不信,还拍了张只剩下汤的碗发给他,她接着打字:"到底什么事啊?"

宋时遇:"这周六校友会,你去吗?"

温乔愣了愣,没想到他说的居然是这件事,想着应该是有人邀请他了,毕竟他可是二中有史以来第一个省高考状元,名声不小。她打字:"我应该会去。"顿了顿,又问:"你去吗?"

第23章 "嗯。我还在等她。"

宋时遇："去。开完会过去，可能会晚点到。"

接着又发过来两条：

"你明天怎么去？"

"要不要等我，跟我一起去？"

温乔听穆清说明天的校友会上有不少同班和同年级的同学，想到如果她跟宋时遇一起出现可能会引发的流言，她回道："我已经跟穆清约好了。"又想到宋时遇不认识穆清，补充道，"穆清是我高中同学，是高三那年转到二中来的，上次在店里你们还见过。"发完又有些懊恼，她解释得这么清楚干什么？

宋时遇："好。"

发完这条微信，宋时遇切出页面，给正在等他回信的赵龙飞发了一个字："去。"

赵龙飞秒回："你去那我也去。"

宋时遇没有再回复。

过了好一会儿，手机又叮当响了一声。

他拿起来一看，还是赵龙飞，从字面都能看出他弱弱的语气："那个……我刚刚听说好像温乔也在临川？"

宋时遇："嗯。"

赵龙飞："你知道？"

宋时遇："知道。"

顶栏显示对方正在输入中，但是聊天页面却一直没动静。

赵龙飞显然经过了激烈的内心斗争："你怎么知道的？你跟她有联系？"

宋时遇嘴角若有似无地一勾，手指轻巧地打了四个字："听说。没有。"

赵龙飞那头又是一阵寂静,应该是不知道该说什么了。好一会儿,终于发过来一条:"你是不是还在等她啊?"

宋时遇刚看到,这条消息就被撤回了。

宋时遇并没当作没看到,反而打下一行字,发了过去。

那头的赵龙飞正懊恼呢,觉得自己真是哪壶不开提哪壶,再说了,就算宋时遇真的在等,也不可能承认啊,他撤回得挺快的,宋时遇那么忙,不一定一直盯着手机,肯定没看到。

就在这时,手机叮的一声响,他立刻滑开一看,顿时一愣,紧接着心头一酸,一时百感交集。

宋时遇:"嗯。我还在等她。"

✱

周六。

校友会定在晚上,在某家酒楼。这次校友会的开丈不需要温乔出份子,说是由几个发展得很好的大佬赞助了。

穆清提前一个小时把车停在了温乔楼下,敲门进去后,看到温乔素着一张脸,只抹了点口红,没换衣服,还穿着T恤牛仔裤,她毫不意外,直接把小行李箱拎了进来:"就知道你会这样,我都帮你准备好了。"

穆清在客厅把行李箱打开,里面是一箱子衣服和一个化妆包,她把化妆包拎出来,对温乔说道:"先从化妆开始吧。"

温乔说:"就是去吃个饭,不用这么隆重吧?"

穆清挑眉:"化个妆怎么就隆重了?你不会想让别人以为你混得很惨吧?而且我可听说了,班花也会去,你想被她压一头?"

第23章 "嗯。我还在等她。"

听到"班花"这两个字的时候,大概因为太过久远,温乔还恍惚了一下,费了点脑力才想起她的名字,有点惊讶:"你说的是胡映璇?她也要来吗?"

胡映璇因为长得漂亮,大学的时候被挑中拍了广告,就这么进了娱乐圈,不过她的长相虽然在普通人里出挑,但是在娱乐圈就泯然众人了,现在还是个十八线。温乔去年还在一部古装电视剧里看见过她,做了个不大适合她的古装造型,演的是女主门派里的一个很不重要的角色,站在那个在网上被嘲是路人的女主身边时,仍然黯淡得让人根本注意不到她。

当时温乔还忍不住感叹,不知道现实中的明星有多好看。

虽然是个不知名的十八线,但大小也算得上是个明星,是在电视里露过脸的,温乔没想到她也会来。

温乔又记起她跟宋时遇表白过,穆清提起她大概就是因为这个。因为那时候宋时遇总是来班里找温乔,胡映璇一直怀疑她跟宋时遇有点什么,所以明里暗里总有些针对她。

不过她还是没什么跟胡映璇比较的想法。温乔对自己有着清晰的认知,她再怎么打扮也不可能在长相上去压高中时就以美貌出名的胡映璇一头,打动她的是穆清的前一句话,不能让别人以为她混得很惨。

于是温乔乖巧地坐了下来,让穆清在她脸上大展拳脚。

"淡妆就好了,别化太浓了啊。"温乔有些忐忑地说道。

"放心,我心里有数。"穆清把化妆包里的化妆品一一拿出来摆开,自信地说道。她从大学就开始化妆了,再加上现在也是在娱乐圈混,别的不说,至少审美是有了显著提高。

有她的保证，温乔就放心地让她弄了。

温乔都不记得自己上次化妆是什么时候了，也不是不爱美，只是每天都在后厨烟熏火燎的，没那个条件，而且也找不到需要化妆的场合，所以一年到头都是素着一张脸，倒是省了不少化妆品钱。就连洗漱台上护肤用的瓶瓶罐罐也都是穆清送的，穆清开了封以后觉得不好用就都拿过来给她了，穆清给她什么，她就用什么，也没感觉哪样好用哪样不好用，反正都很贵，只放心地往脸上抹。

"真是人比人气死人，我那么用心护肤，定期医美，才勉勉强强有现在这个样子，你看你每天在厨房熏油烟，用的还都是我随便丢给你的护肤品，怎么皮肤就这么好？这粉底打上去都显得多余了。"穆清一边给温乔上粉底一边说道。

因为温乔，穆清才明白一个道理，皮肤这种事真的是七分天注定，三分靠医美。

温乔闭着眼睛感受着气垫粉扑在她脸上轻拍，笑着说道："我也没气你长得比我好看啊。"

穆清瞪她："你是不是对自己的长相有什么误解？"

穆清总是会被温乔的"谦虚"气到，明明有这样好的底子却不好好装扮起来，完全就是一种可耻的浪费。

现在走在街上看到的还有几个是纯天然美女，不是后天雕琢过，就是化妆技法鬼斧神工，再不济，也要描个眉涂个嘴。

哪像温乔，一年到头素面朝天，完全是纯天然无添加。其实光是脸小和天生皮肤白这两项，就已经超过了百分之九十九的人，只要五官不出大的差

第23章 "嗯。我还在等她。"

错,怎么样都不会难看,而温乔脸上的五官虽然说不上有多惊艳好看,但也都端正,没什么缺陷,组合在一起很是舒服耐看,不化妆也算得上清秀。

温乔主要还是被穿衣打扮给拖了后腿,一头又黑又亮的长发常年大光明低马尾,夏天永远T恤加休闲牛仔裤,冬天一件灰一件黑的棉袄换着穿。

穆清决心今天要给温乔好好打扮一下,让她认识到浪费这么好的底子是一个多大的错误。

温乔的眉毛软细,睫毛很长,但是数量却稍微少了点,不过她眉形倒是长得不错,穆清只是略微修整一下就很好看了,不用另起眉形。

穆清膝盖微蹲,腰也弯下去,手里黑棕色的眉笔顺着眉形轻轻勾勒描画,是个柔婉的弧度,很适合温乔的脸型还有无害的气质。

温乔的眼睛虽然不大,但是眼形很好,扇形双眼皮,眼皮只有薄薄一层,又白,清淡地上一层薄薄的粉色,白里透着粉,不显眼肿,反而把温乔一双本就黑亮的眼睛衬得更清亮,睫毛也被刷得根根分明,又长又翘。腮红、高光、修容,也都只上了淡淡一层。

穆清最后给温乔薄涂一层水红色唇釉,离远一点端详了会儿,然后满意地评价道:"完美!"

平安一直在旁边眼睛亮晶晶地看着穆清的每一个步骤,像是见证了什么魔法诞生的时刻,忍不住惊叹道:"姐姐,你好漂亮。"

温乔都有点害羞了:"我去看看。"说着就要起身。

"别!别着急。"穆清立刻把她按下去,"还得做个发型。"说着又指挥平安从行李箱里把卷发棒拿来,然后拔了台灯,把卷发棒插上预热,"等我的整体造型做完了你再去看。"

温乔只能又坐回去，但忍不住有点担心："几点了？我等会儿还要送平安去贺灿家，别迟到了。"

穆清说道："那么多人，迟到怕什么。"

温乔"啊"了一声："很多人吗？有多少人啊？"

穆清说道："少说也有四五十人吧，这次还挺热闹的，在四季酒楼包了一个宴会厅，搞自助，价格可不便宜。我听说这次宋时遇也会去，而且他还是最大的赞助商。"

温乔没作声。

穆清拿起预热好的卷发棒开始给她卷发，一边卷一边问："你跟宋时遇现在怎么样了？"

"没怎么样啊。"温乔心虚地说道。

穆清"喊"了一声，没戳穿她，而是说道："要我说，你真的是死脑筋，你管它差距大不大，宋时遇都不介意你介意什么？"

温乔现在心里想的也不好告诉穆清，只能乖乖地听着。

穆清以为温乔不想提，也就没再说这个，换了别的话题。

"好了，就卷到这种程度吧。"穆清说着拔下卷发棒的插头，欣赏了一下温乔的全新造型，很满意地点了点头，"我应该改行去当造型师。"

温乔问："我现在可以照镜子了吗？"

穆清抬了抬下巴："去欣赏一下我的杰作吧。"

温乔笑着起身去浴室了。

她心里并没有抱多大的期待，只是有点好奇穆清把她化成了什么样子，可是当她打开浴室的灯，看着镜子里的自己，她居然愣住了。

第23章 "嗯。我还在等她。"

穆清把车停在路边，就在车里等，温乔带着平安进了谢庆芳家所在的小区。

温乔已经提前跟谢庆芳打过招呼，今天晚上送平安去她家，晚点再去接他，谢庆芳自然是一口答应。

平安和贺灿的成绩都出来了，平安毫无意外地是年级第一，而贺灿进步飞速，以前他的数学一直在及格线徘徊，这次却是考了八十六分，在班里的排名从四十几挺进了前二十，老师都在微信上发了好长一段信息表扬贺灿。

谢庆芳当然知道这是谁的功劳，贺灿现在学习的态度都要端正不少，居然不用她督促就会自己做暑假作业了，而且还放话说自己要加油学习，才不会落后平安太远。

谢庆芳现在恨不得平安能住在她家，把贺灿改造到底。

门铃声响起来的时候，坐在沙发上看电视的贺灿立刻蹦了起来："肯定是平安！"然后他就迫不及待地穿上拖鞋跑去开门了。

贺澄犹豫了一下，按灭了手机，然后起身走过去。

"哇！温乔姐姐！你今天好漂亮！"

还没走到门口就听到了贺灿夸张的声音。

贺澄过来的时候，温乔正站在门口交代平安什么事情，交代完了，猛一抬头，讶异地看着他："贺澄，你今天在家啊。"

贺澄在温乔抬起头来的瞬间，愣了一下，心跳突然漏跳了一拍，眼神里是掩饰不住的惊艳，下意识问道："你化妆了？"

他从来没有见温乔化过妆，也没见她穿过裙子，在他的印象里，温乔永远是朴素至极的样子。

他没想到温乔打扮起来会这么好看。疏淡的眉被勾勒出柔婉的弧度,眼睛清亮,睫毛又长又翘,鼻梁虽然不高,鼻头却挺翘,嘴唇是淡粉色,水润饱满,一头总是扎着马尾的长发散下来,发尾烫了自然的卷,柔软地搭在肩上。她身上穿了条姜黄色的连衣裙,把本来就白的皮肤衬得几乎发光。

第 24 章
校友会

温乔这么一打扮,明明人还是那个人,五官也没有太多的修饰痕迹,妆面甚至算得上清淡,可她就像是变了样,之前顶多算是清秀,现在却是清纯精致,整个人好像隐约笼着一层动人的莹润柔美的光泽。

"姐姐,你穿得这么漂亮,是不是要去约会啊?"贺灿抬头好奇地问道。

"不是去约会,是去参加校友会。"平安认真地更正。

"对,姐姐今天要去参加校友会。"温乔假装没听到贺澄刚才的话,弯下腰去对平安说:"平安,那你在贺灿家里好好玩,我结束了就过来接你。"

平安一如既往,成熟稳重地点了点头。

贺灿立刻说道:"姐姐你放心出去玩吧!我会照顾好平安的。"

温乔又是一笑,分别在两人的小脑袋上揉了揉,然后直起身对贺澄说道:"那我就先走了,晚点再来接他。"

贺澄忽然觉得有点不能直视温乔的眼睛,不自在地移开目光,点了点头说"好"。

温乔跟两个小朋友摆了摆手,然后就走了。

刚下楼梯,身后突然响起脚步声,她一转头,发现是贺澄。

"我出去买点东西。"贺澄说道。

温乔笑了一下,然后一边走一边自然地问道:"现在工作没有那么忙了吧?"

听谢庆芳说,他之前周六周日都要加班,现在周六都在家,应该是没有那么忙了。

贺澄"嗯"了一声:"之前那个项目做完了,公司给了我们这个项目组所有人一个星期的假。"

温乔"哇"了一声,笑着说道:"那你可以好好休息一下了。"

贺澄又"嗯"了一声。

温乔发现贺澄话少了很多,以前他在她面前总是有很多话说,她想着他大概是有什么心事。见贺澄没有什么聊天的兴致,她也没再说话,只专心走路。

贺澄用余光偷偷看她,他一直觉得温乔是好看的,不是那种让人一眼就惊艳的好看,而是那种越看越舒服顺眼的好看,但是今天的温乔,却给了他一种惊艳的感觉,整个人好像都散发出一种以前没有的柔亮的光芒,让人忍不住一看再看。

好一会儿,他主动开口了:"我记得你跟宋总好像就是校友吧?这次校友会是不是宋总也会去?"

温乔听他突然提起宋时遇,有些意外,但还是回答道:"嗯,他也要去的。"

她也没必要避讳或者解释,反正上次那个尴尬的场景已经被他撞见了,要误会估计早就误会了。

第24章 校友会

贺澄又不说话了。

又过了会儿，到了小区门口，看见了从车上下来在路边抽烟的穆清，贺澄忽然停下了脚步，叫了温乔一声。

温乔转头看着他，夏天的晚风吹过来，卷起她的发丝拂到面上，她随手挽到耳后，清亮的眼里闪动着粼粼的波光，声音也温柔："嗯？怎么了？"

贺澄在怦然心动之余忽然有那么点不甘心，如果自己早一点确定自己的心意，早一点行动的话，也许结果会不一样。

只不过现在说什么都晚了。如果那个人不是宋时遇，他或许会争一争，可是那个人不仅是宋时遇，而且还和温乔有过他不曾了解的过往。

他嘴唇动了动，由衷地说道："祝你幸福。"

他是真的很喜欢温乔，不只是纯粹的对异性的喜爱，同时还夹杂着欣赏和怜惜，正因为这些，他才一度不大了解自己对她的心意到底是什么样的。

温乔是他见过的女人中最坚韧最乐观的那一个，越了解她就会越心疼她，同时也会越欣赏她。在还没有对她动心之前，他就忍不住想，如果将来谁能娶到她，一定特别幸运。所以哪怕他没有那么好的运气可以和她在一起，他依旧希望她能得到幸福，因为她值得。

温乔怔了怔，贺澄这句话说得郑重又真诚，她心里有些感动，唇边绽开笑容，眼睛也弯了起来："谢谢你啊贺澄。你也是。"说完，她看了一眼那边等着的穆清，又对他说道，"那我先过去了。"然后对他摆了摆手，往穆清那边走去。

穆清灭了烟，她素质好，烟头就捏在手里，转身给温乔开了车门，还体贴地伸手护住她的头顶，俨然一副护花使者的样子，温乔都忍不住被她逗笑了。她也是认识贺澄的，隔空对着他摆了摆手，就绕到另一侧坐进驾驶座，发动了车子。

"贺澄喜欢你。"穆清一边开车一边说道。

温乔好笑地说道："你怎么觉得所有人都喜欢我？"

穆清挑眉："女人，看来你对自己的魅力一无所知啊。要是我是个男的，我也喜欢你。"

温乔就算不打扮，也是顺眼耐看的那一型，再加上性格温柔，又不无趣，还具备很多她望尘莫及的高尚品德，生活技能基本全方位点满，谁不想找个这样的老婆？而且现在稍一打扮，更是楚楚动人，她都能想象到以前的同学看到温乔现在的样子的反应了。

温乔抿唇一笑，虽然不跟穆清争，但也并不当真。朋友看朋友总是好的。就像温乔看穆清一样，总会忽略她的缺点，放大她的优点。温乔也总觉得，谁喜欢上穆清都是理所当然的，她是那么自信又张扬，灼灼得像烈日一样。

✳

校友会的时间定的是晚上七点，但是准时到的却没有几个，大家都被大大小小的事情拖住了。

宴会厅门口居然有模有样地安排了人做宾客登记，温乔和穆清都在签名本上签上了自己的名字。虽然已经迟到了十几分钟，但是比她们先到的人也不多，也就二十个人左右，还不到总人数的一半。

两人携手走进宴会厅，温乔不禁被震撼到了。

宴会厅里面布置得很漂亮，完全是西式的风格，白蓝色系的花艺非常好看，因为是自助餐形式，所以食物都已经提前摆上了，还分了西餐区和中餐

第24章 校友会

区,酒水也是白酒洋酒橙汁可乐都有,各种精致漂亮的甜品摆在长桌上任取,旁边还摆着非常好看的装饰花,总之处处透着梦幻。

温乔只在国外的电影里看过这样的场景,她又留意看了一眼宴会厅里零零散散的人,发现大家都很用心地打扮了,大概是都想展示出自己最好的一面,一时间觉得幸好穆清给她打扮了一下,不然她可能会显得格格不入。

穆清也不禁意外地挑了挑眉:"没想到布置得还挺用心的,估计花了不少钱。"

不少女生都在那儿拿着甜品或者是站在装饰花的边上自拍。

"走吧,我们俩先去喝点东西。"穆清牵着温乔的手往酒水区去了。

每个区域都有服务员服务,穆清要了一杯香槟和一杯橙汁,自己端着香槟,橙汁递给了温乔,然后随便扫了眼宴会厅里的其他人,发现大家看起来都不大熟的样子。有两三拨人在聚团聊天,还有些零零散散的人,拍照的拍照,玩手机的玩手机,偶尔看到有眼熟的面孔,但是也不敢上前确认是不是脑子里的那个人。

高中毕业也十年了,同学们变化都挺大的,男生发福、变秃,大多颜值下跌,女生却多数都是越变越好看的,二十七八岁,正是女人最好的年纪。

"看见有认识的人吗?"穆清喝了口酒问道。

温乔摇了摇头,又看了一眼正把西餐区长桌上的装饰花拿起来放到脸边、举着手机自拍的女人,说道:"那边那个好像有点像颜冰玉,但是细看又不大像。"

五官轮廓隐约有点像,但是形象气质却是完全不一样了。她记得颜冰玉是个瘦小内向的女同学,在班里没什么存在感,而这个拿着花自拍的女人,和她记忆中的颜冰玉相去甚远。

穆清是高三才转到二中的,而且她那时候只跟温乔关系好,这会儿对班里大多数同学都已经完全不记得也叫不出名字了,听温乔说起这个名字,隐约有点印象,但是看过去却只觉得陌生。

她忽然四处张望了一圈,然后奇怪地问道:"哎?邵牧康怎么还没过来。"

说曹操曹操到,温乔看向入口处,然后对穆清说道:"那不就是吗?"

穆清也转头看过去,邵牧康正在门口签名处签名,见他签好后放下笔,往这边走来,她举起手里的酒杯,遥敬了一下他。

邵牧康也看见了她们,视线从穆清身上滑过,落在她身边的温乔脸上,镜片后的眼睛里闪过一丝惊艳,他信步而来,微笑着跟她们打招呼:"你们到了多久了?"

穆清说道:"刚到。正跟温乔说你怎么还没来呢,没想到说曹操曹操就到了。"

邵牧康微微一笑,随即眼神望向温乔,很自然地赞美道:"你今天很美。"

温乔微怔,这还是第一次有人这么称赞自己,她顿时有些羞赧,不自在地说道:"谢谢。"

穆清喷了一声:"班长,你也太厚此薄彼了吧?"

邵牧康笑着举杯道:"你一向美丽动人。"

这时,一道惊喜的声音忽然响起:"班长?!"

✦

发出这一声,然后往这边走过来的就是刚才拿着花自拍的女人。

温乔有点惊讶,显然她就是颜冰玉,等她走近了,温乔才看清她的脸,

第24章 校友会

有很明显的整容痕迹,鼻梁变高了,脸部好像还做了填充,鼓胀得有点不自然。

她一头时下流行的羊毛卷,穿了条显眼的红裙子,踩着一双很高的高跟鞋,拎着一个精致的小包,和温乔印象里的人已经完全不一样了。

邵牧康看着颜冰玉,脑子里没有任何关于她的印象,事实上,他虽然是班长,但是却只对班里的少部分人有印象,不过他并没有表现出来,只是对颜冰玉微微笑了一下。

颜冰玉的视线一直停留在邵牧康的脸上,他外形上的变化的确非常巨大,要不是前两年有人发给过她邵牧康的照片,她今天可能都认不出他来:"班长,真的是你啊!好久不见了。"

她说着,像是知道邵牧康认不出她来,很坦然地自我介绍道:"班长你肯定不记得我了,我是颜冰玉,我以前性格很内向,在班里没什么存在感。"

邵牧康微笑着点头说道:"你好,好久不见。"

颜冰玉又看向旁边两人,一眼就认出了穆清:"哎呀!你是穆清吧!"

毕竟比起邵牧康的巨大变化,穆清的气质和五官几乎没有太大的变化,只是变得更漂亮、更精致了。

穆清抿唇一笑:"你好,没想到你还记得我。"

颜冰玉说道:"当然记得了,你可是咱们学校的名人啊。"

穆清挑眉,带着点笑意:"是吗?我怎么不知道我是咱们学校的名人。"

颜冰玉说道:"你刚进学校的时候剃了个光头,所有人都认识你!我记得你那时候在我们班里特别酷,谁都不爱搭理,就只跟温乔说话。不过温乔怎么没跟你一起来啊?我听说她这些年好像过得不大好,哎,也是挺可怜的,完全是被家里拖累了。"

温乔在一旁听得脸色不大好看。

颜冰玉见邵牧康和穆清的表情都有些冷，及时打住，她想起来高中时他们两个跟温乔的关系是最好的。她有点尴尬，想把眼神移开，正好看向了穆清身边的那个女人，她刚才就注意到了，长相清纯，气质也好，还莫名地有点眼熟。她打量了几眼，还是没有认出来，有点犹豫地问道："这位是？"

穆清似笑非笑地说道："你刚才不是还说起她吗？"

颜冰玉顿时一愣，然后一脸不敢置信地看着温乔："你……你是温乔？"

温乔点了点头，虽然颜冰玉刚才说她的那些话让她有点不舒服，但还是保持了礼貌的微笑："好久不见了。"

颜冰玉怔怔地看着她，心里别提有多惊讶了。这么些年，颜冰玉陆陆续续地听说了不少关于她的消息，因为家庭情况特殊，温乔一直是他们这些老同学聊天时候的谈资。原来她当年没参加高考是因为奶奶脑出血之后偏瘫了，后来她就出去打工了，再后来她那个智障大伯家生了个孩子，也丢给她带，好像还有同学见过她在一家餐厅当厨子，反正就是过得挺惨的。

说句老实话，颜冰玉听着这些心里有三分同情，却还有七分优越感和那么一丝丝的幸灾乐祸。

她当年读高中的时候，家境不好，长相也一般，所以内心自卑，连跟人说话都紧张，在班里几乎没有任何存在感，也没有朋友。

而温乔家比她家还要困难好多，她至少父母双全，而且都能赚得到钱，温乔不仅没爸没妈，还有一个智障大伯，就靠着一个奶奶养鸡养鸭，种田种菜养活一家子。而且温乔的学习也很差，所以她理所当然地认为，温乔应该跟她一

第24章 校友会

样觉得自卑，抬不起头来，甚至应该比她更自卑才是。

可偏偏温乔活得比谁都阳光开朗，班上所有人都喜欢她，老师也喜欢她，一有什么事情就喜欢叫温乔去干。还有，班长和她走得最近，甚至宋时遇这样的校园风云人物都主动来班里找她，就连高三那年转到他们学校来、很冷很酷的穆清也只跟她关系好。

颜冰玉其实内心里很嫉妒温乔，于是她上了大学以后决心改变自己，逼着自己变得开朗起来，再后来，她在自己长相上也下了大功夫。她的一切努力都没有白费，她的人缘变好了，她再也不是团体中的隐形人，毕业以后也找到了一份不错的工作，还交往了一个不错的男朋友。

温乔一直是她一个隐形的比较对象。

但是现在站在自己面前的温乔，怎么看都跟"惨"字沾不上边，而且也完全不是她想象中的被生活摧残得憔悴疲惫的样子，这般的清纯动人让她甚至忍不住开始琢磨温乔脸上是不是动了什么地方。

不说别的，光看温乔的年纪，都感觉比她小了好几岁，最多也就二十二三岁。

穆清把颜冰玉脸上变幻不定的神色看在眼里，悄悄对着温乔挑了一下眉。

这时又有人陆陆续续地进来了，其中还有他们的同班同学。

"颜冰玉！"一道大嗓门喊道。

颜冰玉如梦初醒，立刻扭头看过去，是一男一女两个同学一起来了，都是她的熟人，她脸上的表情顿时一松，招手说道："欣怡！兴辉！快来！"

她跟周欣怡和刘兴辉在学校的时候其实并不怎么熟悉，还是后来都到临川工作才慢慢熟悉起来的，这些年她跟周欣怡俨然已经成了好闺蜜，跟刘兴辉也经常联系。周欣怡跟温乔是一个村的,她得到的关于温乔的大多数信息也是从周欣怡那里听来的。

周欣怡和刘兴辉看到同学,都走了过来。

穆清凑过去压低了声音对温乔说道:"看来我们班来了不少人啊。"

周欣怡快步走过来,先跟颜冰玉抱了抱,然后一眼认出了邵牧康和穆清,顿时有些惊喜地说道:"班长!穆清!老同学,好多年没见啦!"

刘兴辉也过来跟他们打了招呼。

这些年,他们这些同学偶尔会聚一下,平时也都在班级群里联系着,但是与邵牧康和穆清却是从来没有联系过的。

邵牧康依旧是微笑颔首,穆清也扯起嘴角敷衍地微笑了一下。

温乔再一次变成了最后才被打量的人。

颜冰玉主动说道:"欣怡,兴辉,你们看看这是谁,还认得出来吗?"

周欣怡从温乔的五官上找到了熟悉的感觉,惊讶地说道:"温乔?天啦,你怎么变得这么漂亮这么白了?是不是整了容,打了美白针哦!"她还记得高中的时候温乔皮肤很黑,还有同学开玩笑说温乔是从非洲来的,可是现在的温乔却是白得发光。

刘兴辉也很惊讶,他刚才一点没认出来是温乔,不过被周欣怡叫出名字后,他才发现温乔的五官长相其实并没怎么变,但是真的变漂亮了好多,他刚刚一打眼还有种被惊艳到的感觉,这会儿也不禁有点看愣了。

颜冰玉捂着嘴笑着说道:"整容打针现在都很正常啦,爱美之心人皆有之,我都想问温乔是在哪家医院做的呢。"

穆清笑了一声:"温乔胆子那么小,哪敢往脸上动刀啊,她连妆都懒得化,

第24章 校友会

还是我觉得好歹要见老同学,抓着她给她化了个妆。倒是冰玉,你可越来越会打扮了,就是鼻子没找好医生,那人审美不大行,做得太高了,稍微有那么点不自然。"

顿时所有人都忍不住多看了颜冰玉的鼻子两眼。

颜冰玉的确做过鼻子,而且她自己也觉得自己的鼻子做得太高,不自然,但是被穆清这么点出来,还是觉得尴尬异常,脸色也微微变了。

唇枪舌剑中,温乔这个"话题中心"反倒是站在一边,完全插不进嘴去。

大概是察觉到气氛不大对,周欣怡主动开口缓解颜冰玉的尴尬:"对了温乔,你现在在做什么啊?还在当厨师吗?"

温乔微微一笑,说道:"现在已经没有了,我开了一家自己的店。"

刘兴辉立刻问道:"你开的什么店啊?在哪儿啊?怎么也不通知一下,我们这些老同学可以去光顾一下啊。"

温乔说道:"就是一家小烧烤店,在四五路美食街。"

刘兴辉讶异地说道:"可以啊温乔,那边是市中心啊,租金挺贵的吧?生意怎么样啊?"

温乔谦虚地说道:"生意还行吧。"

穆清却笑眯眯地把话接过来:"什么叫还行吧,现在可是网红店了,周六周日晚上可都要排队呢。"

颜冰玉表情更僵了,周欣怡也有点惊讶。

刘兴辉感叹道:"没想到啊温乔,你都自己当老板了。我还在公司当螺丝钉呢。"

冷不丁地,颜冰玉突然问:"对了温乔,你跟宋时遇现在还有联系吗?"

这句话一出来，气氛顿时变了变。

颜冰玉笑了笑，又说道："我记得那个时候你跟宋时遇关系很好的啊，后来你那么难，他没帮帮你？"

邵牧康脸色微冷。

刘兴辉也有点尴尬，他再粗神经也觉得这个话不该说，谁知道一看温乔，发现她只有一瞬间的惊讶，随即就平静下来，没有半点尴尬和难堪。

倒是穆清眉头一皱，冷笑一声，刚要说话，宴会厅门口就传来一阵骚动。

周欣怡先看过去，然后一脸惊奇地说道："哎！是宋时遇跟胡映璇！他们怎么一起来了？"

顿时，这边站着的几人全都看了过去。

温乔果然看到了宋时遇跟胡映璇，但是却不止他们两个，还有一堆人，其中也包括宋时遇的高中好友赵龙飞。

周欣怡忍不住猜测道："他们不会在一起了吧？"

毕竟胡映璇对宋时遇表过白，虽然当时宋时遇拒绝了，但是这么多年过去了，谁知道他们会不会又在一起了呢？而且这两个人居然还是一起来的，很难不让人多想。

宋时遇穿了件浅蓝色衬衫，整个人异常清隽英俊，他边走边心不在焉地听赵龙飞说话，眼神在宴会厅里搜寻着，定在温乔那张清纯精致的脸上的时候，他的神情有一瞬间的诧异，眼底闪过一抹惊艳的亮光，嘴角已经情不自禁地提了起来。但随即他的视线又很快扫到了和她站在一起的邵牧康，嘴角刚提起来的弧度顿时凝固了一瞬，脚步却没停下。

颜冰玉、周欣怡和刘兴辉都很惊讶地看着宋时遇冲着这边走了过来。

第24章 校友会

转眼间，宋时遇已经到了他们面前，他看着温乔说道："我给你发微信你怎么也不回我？"

带着些许不满责备却又亲昵意味十足的语气顿时让在场几个人的神情都变得异常精彩起来，包括不明所以地跟着他过来的赵龙飞以及后面追过来的胡映璇。

邵牧康和穆清都很淡定。

刘兴辉和周欣怡则一脸震惊。

而颜冰玉的表情已经彻底僵在了脸上，想到自己刚才说过的话，更是觉得难堪至极。

第 25 章
不要后悔

众人神情各异地看向温乔,气氛一时有些微妙。

温乔也感觉到了这种微妙的氛围,有点不自在地说道:"我没注意看手机。"

赵龙飞下巴都快掉在了地上,盯着温乔上上下下看了好一会儿才惊讶地说道:"温乔?你是温乔吧?"

温乔看向他,赵龙飞变化也挺大的,高中的时候又黑又瘦,现在却胖了不少,还文质彬彬地穿起了衬衫和西裤,不过温乔还是一眼就认出了他:"是我,好久不见啊龙飞学长。"他们高中的时候关系也很不错,赵龙飞没少蹭她的菜吃。

赵龙飞还处在讶异中:"是啊,都快十年了吧,哎呀真没想到,我差点没认出你来。"

他细看之下,发现温乔五官其实没怎么变,可是形象气质却是跟高中时候完全不一样了,他刚才扫一眼的时候愣是没认出来,还因为好看忍不住多看了两眼。

他皮笑肉不笑地靠近身边的宋时遇,压低了声音幽幽地说道:"你不是说

第25章 不要后悔

你跟温乔没联系吗?"

宋时遇对邵牧康和穆清微一点头后,也微笑着用只有他们两个人能听到的音量说道:"骗你的。"

赵龙飞:"……"

宋时遇今天穿着随意,态度也很随和,嘴角始终带着淡淡的微笑,但是浑身散发出来的气场却是疏离冷淡的,他的亲昵态度只针对温乔,对温乔以外的人,只有透着冷淡的礼貌。

周欣怡和颜冰玉在旁边默默地抿酒,她们被宋时遇那种冷淡又隐隐高人一等的气场压住,浑然不像刚才在温乔面前那样滔滔不绝,倒是想上去说句话,却讷讷地开不了口,只能靠喝酒来缓解尴尬。

颜冰玉的心情更为复杂,因为她刚才还意图嘲讽温乔和宋时遇的关系。

"哈喽,大家好久不见。"就在这时,一道清脆甜美的声音插进来,让微妙的氛围稍稍一松。

原来是跟着宋时遇过来的胡映璇走上前来和大家打招呼。

胡映璇在高中的时候就很漂亮,出了社会,审美提高了,也更会打扮了,美貌自然更上一层楼。她披着一头黑长直发,穿一条白色吊带连衣裙,手里拿着一个香奈儿的手包,整个人肤白貌美,腰细腿长,在普通人里算是大美女级别了。

周欣怡和颜冰玉看到她,都下意识松了口气,然后就笑着跟她打起了招呼,显得很是热络。

"映璇你现在是大明星啦,你今天能来校友会,我真的很开心。"周欣怡在学校的时候跟胡映璇关系不错,所以现在说起话来也很自然。

胡映璇抿唇一笑，矜持地说道："什么大明星啊，就是一个小演员，很普通的工作。"她说着，笑着看向穆清，"穆清才厉害呢，现在是我们圈子里很有名的电视制作人了，我之前一直想跟她吃个饭，她都没有档期呢。"

除了温乔和邵牧康，其余几人都有点惊讶地看向穆清。

穆清没想到还能扯到自己身上来，她读高中的时候除了跟温乔亲近，也就跟邵牧康关系还算不错，至于其他人，都不算熟，她对胡映璇也仅仅是有点印象而已。不过这样的场面她应付得多了，她端着酒杯，只是微微一笑："没有那么夸张，也是跟你一样，打份普通工，只不过稍微忙一点。"

胡映璇看出穆清不想搭理自己，只好也勉强笑了笑。

这时邵牧康被大一届的学长叫了过去，他用眼神向穆清和温乔示意了一下就离开了。

周欣怡还在继续搭话，她的眼睛在宋时遇和胡映璇脸上溜了一圈，故意调侃道："对了映璇，你怎么是跟宋时遇学长一起来的，你们该不会是有什么情况吧？"

温乔端着杯子低头喝果汁，好像在用心品尝果汁的味道，一点都不关心这个话题。

胡映璇红着脸看了宋时遇一眼："哎呀，你别乱说，我跟时遇学长就是碰巧在门口遇到了。"

赵龙飞笑嘻嘻地插话进来："哎，别搞错了啊，我才是那个跟时遇一起进来的人。"

宋时遇根本没有理会他们在谈论什么，注意力全都在温乔身上，他站在温乔身边，低头轻声问："晚饭吃了吗？"

第 25 章 不要后悔

温乔摇头:"还没有,想着到这里来吃。"

宋时遇说道:"那先别喝太多冷的,先吃点东西。"说着极自然地把温乔手里端着的杯子拿了过来,"你想吃点什么?我去给你拿过来,你可以边聊边吃。"

温乔也用只有两人能听到的声音说道:"别……不用,我还不饿,等会儿再吃。"

宋时遇一直在跟温乔说话,那种亲密低语的样子把正在聊天的其他人的注意力又吸引了过来,探究的目光在他和温乔之间流转。

赵龙飞也忍不住在心里嘀咕,这到底是什么情况啊?

胡映璇脸上的笑容微微发僵,她刚才一直试图忽视温乔,但现在却是无法忽视了,于是她露出一个惊讶的表情,就像是才看到温乔一样:"天啊,你是温乔?好久不见,你真是漂亮了好多,我刚才一直都没认出你呢。"

"是吧。"刘兴辉终于找到说话的机会,立刻接话说道,"我刚才乍一眼还以为是哪一届的学妹呢。"

温乔脸上适时露出一个标准社交微笑,好像他们嘴里说的并不是她。

而宋时遇被打断了和温乔的悄悄话,心情显然不大愉快,他脸色虽然没什么变化,眼神却冷了冷。

胡映璇扫了眼刘兴辉,眼底闪过一丝嫌弃,然后接着问道:"温乔你现在在做什么工作啊?我听说你之前好像是在做厨师?一个女孩子做这行很辛苦吧?"

她心里有点瞧不起温乔,为了个校友会打扮成这样,好像这么做别人就不知道她是个厨子了一样。这么多年都没在同学群里露过面,不就是觉得丢脸吗？

穆清似笑非笑地说道："你那都是什么时候的情报了？温乔现在都当老板了。"

胡映璇嘴角的笑容淡了淡："是吗？那恭喜你了。"

刘兴辉兴奋地说道："哎，映璇，可以帮温乔在微博上宣传宣传，让你的粉丝去吃啊。"

胡映璇也笑了笑，不自觉地微微抬了抬下巴："好啊，温乔，你把你的店名告诉我，我发个微博帮你宣传一下。"

温乔还没说话呢，穆清就笑着开口了："心意我们温乔领了，不过还是不用麻烦了，现在温乔店里忙都忙不过来，平时都是爆满，周六周日还要排队。"

宋时遇不禁多看了穆清一眼，眼里带着几分赞赏，有穆清在，他倒是不用担心温乔会在言语上吃亏了。

穆清也注意到了宋时遇的视线，两人对视一眼，眼神里有着某种默契，宋时遇还对她点头致意，她微微挑了挑眉。

这时，那边有人招手叫宋时遇和赵龙飞过去。

"时遇，我们先过去吧。"赵龙飞说道。

宋时遇很自然地轻搂了一下温乔的肩，神情柔和放松："那我先过去，等会儿再来找你。"

他手里还端着从温乔手里拿过来的那杯橙汁，说完送到嘴边喝了一口，又对众人微微点了一下头，就和赵龙飞离开了。

这里的几个人纷纷看向温乔，连穆清都有些惊讶。刚才宋时遇又是搂肩又是喝同一杯饮料的,已经赤裸裸地表现出了他跟温乔的关系远不止朋友那么简单。

周欣怡要笑不笑地问道:"温乔,你不会跟宋时遇在一起了吧?"

胡映璇紧紧盯着温乔,竭力保持嘴角的微笑。

温乔也没想到宋时遇会这么突然地做出亲密举止,听到周欣怡这么问,下意识否认道:"没有。"

穆清笑吟吟地说道:"这不是宋时遇在追温乔,温乔还没答应嘛。"

其他人顿时都愣住了。

穆清搂住温乔的肩,笑着说道:"我们晚上还没吃东西呢,肚子饿了,先去吃点东西,就不陪你们聊了。"

温乔很顺从地被穆清搂着去了旁边的西餐区。

"真的假的啊。"周欣怡看着温乔的背影,半信半疑。

"这不是很明显嘛,宋时遇刚刚过来这边只跟温乔打了招呼,眼睛都没看过其他人。"刘兴辉说道,"高中的时候他俩不就总黏在一起嘛,宋时遇老是来班里找温乔。"

"也是啊。"周欣怡说道,"两个人好像还一起上下学,不过那时候温乔黑得跟个非洲人似的,长得也不好看,他俩应该没有在一起吧?"

刘兴辉愣了愣,有点困惑地说道:"我记得温乔高中的时候也挺好看的啊,虽然皮肤黑了点,但是笑起来特别可爱,人又阳光,性格还特别好,那时候我们班好几个男生都喜欢她。"

这回换周欣怡愣住了,她只记得高中的时候温乔人缘好,根本没发现有谁喜欢温乔,她还以为他们班百分之九十九的男生都暗恋胡映璇呢。现在看来,漂亮女孩也不是人人都爱的嘛。

他们两个聊得起劲,没注意到边上的胡映璇和颜冰玉的脸都不像刚才来的时候那么光彩照人了。

※

"你可别怪我刚才阻止胡映璇帮你宣传啊。"穆清一边往盘子里夹了几片切好的烤肠,一边说道,"她微博粉丝一百多万,一百万都是买的,平时评论转发也就那么可怜巴巴的几十条。她发了微博也没几个人看,你还要欠她一个人情,划算吗?"

温乔诚实地摇了摇头,当然不划算,她刚才本来也是要拒绝的。她也是个记仇的人,高三的时候胡映璇总因为宋时遇的事情针对她呢。

温乔往盘子里夹了一块黑巧克力蛋糕,好奇地问道:"不过你怎么知道胡映璇的微博?你关注她了?"

穆清挑眉说道:"我怎么会去关注她,是之前胡映璇不知道从哪里弄来了我的微信号,加了我,想上我的节目,我就去她微博看了一下她的微博数据,注水太大了,说她十八线都是抬举她了,一百零八线还差不多,不过她就算正当红,我也不会让她来上我的节目的。"

温乔奇怪道:"为什么啊?你不喜欢她吗?"

"谁让她高中的时候总针对你?"穆清拍了把她的脸,"针对你就是针对我,我怎么可能给她架过河桥。"

温乔感动地撒娇道:"你对我最好了。"

穆清"喊"了一声,有点不满地斜睨她一眼:"我对你这么好,你跟宋时遇都到这一步了还瞒着我。"

第25章 不要后悔

"没有啊……"温乔心虚地说道,"刚刚我都吓了一跳。"后面这句话倒是真的,她完全没想到宋时遇会那么做。

穆清又往盘子里夹了块牛排,然后往就餐区那边走,边走边说:"那你老老实实告诉我,你跟宋时遇到底到哪一步了?"

温乔端着盘子和她走在一起:"我也不知道该怎么说。"

穆清拉开椅子坐下,盯着温乔说道:"我觉得你现在对宋时遇也没有刚开始那么冷淡了,说说吧,你们两个现在是什么局面。"

温乔组织了一下语言,然后跟穆清简单交代了一下自己和宋时遇之间这段时间发生的一些事情,包括昨天一起去滑雪,以及那三个小雪人。

穆清开始是一边吃一边听,听到后面,都忘了吃了,专心地听温乔说完后,她没立刻发言,而是喝了口红酒润了润口才说:"宋时遇还真的是用心了。那你呢?你是怎么想的?"

温乔脸上有几分迷茫:"我也不知道。"

穆清忽然说道:"其实你这些年,一直都喜欢他是不是?"

温乔看着穆清。

穆清并不需要她的答案,笑了笑说道:"其实我很能理解你,十六七岁时遇到宋时遇这么一个人,而且还和他谈过恋爱,最后分手也不是因为他做了什么,所以心里很难放得下,他就成了你的白月光、朱砂痣。"

穆清说着,身体微微前倾,注视着温乔,声音是罕见的温柔:"我也知道你现在为什么会这么犹豫不决,但是小乔,你不要被自己想象中的东西给困死了,这世界上确实有朝秦暮楚、喜新厌旧的人,但也有一往情深、矢志不渝的人。我不了解宋时遇,但我觉得他值得你冒这一次险。"

"你看。"穆清忽然往一个方向抬了抬下巴。

温乔转头看过去,宋时遇正被众星捧月般簇拥着,其中不乏年轻漂亮的女人,她们看向他的眼神带着热切。

穆清说道:"小乔,问问你自己,你能接受有一天宋时遇和另一个女人共度余生吗?还有,你有自信自己这一生都不会后悔因为一时的自卑胆怯就错过了你这辈子最喜欢的一个人吗?"

温乔脑子里嗡了一下,怔怔地看着人群中的宋时遇。

如果她在临川没有和宋时遇重逢,她可能还有那么一点自信,只要宋时遇永远不出现在她面前,她不会去刻意打听他的消息,她或许可以接受。

可是现在呢?在宋时遇那么耀眼地重新出现在她面前,把一颗心捧给她的时候,她真的能够接受宋时遇放弃她转而跟另一个女人在一起吗?

仿佛是察觉到了她的视线,人群中的宋时遇直直地抬眼望了过来,看到她也在看他,原本冷淡沉静的脸庞忽地柔和下来,冲她扬了扬嘴角。

温乔不禁也回了个笑容。

※

"你们俩什么情况啊?又重新在一起了?"赵龙飞看见两人隔这么远还不忘"眉目传情",忍不住问道。

"暂时还没有,不过快了。"宋时遇淡定地说道,说完从容微笑着举杯和别人打招呼,杯里装的是没有酒精的饮料。

赵龙飞眼尖,在宋时遇举杯的时候看见了他腕间那一抹红色。

"哎?这不是……"赵龙飞抓着他的手腕凑近了一看,惊讶道,"看这颜色,不会是温乔高中时候送你的那条吧?"

第 25 章 不要后悔

宋时遇点了点头。

"还戴着呢。"赵龙飞心里啧啧称奇,连温乔送的小玩意儿都能保存这么多年,宋时遇能等这么多年也就不足为奇了。

一个斯文白净的年轻女孩走过来:"宋时遇学长,你好,我叫肖彩君,小你三届,虽然我进校的时候你已经毕业了,但是我一直很崇拜你,把你当成我努力的榜样,今天我也是因为知道你要参加我才会来的。"

她看起来镇定,但其实端着酒杯的手都在发抖。

赵龙飞顿时看着宋时遇挤眉弄眼。

宋时遇微一点头:"谢谢。"

肖彩君鼓足了勇气问道:"我可以加一下你的微信吗?"

宋时遇连表达歉意都带着几丝冷淡:"抱歉,我不能加你的微信,我女朋友会不高兴。"

肖彩君脸色一僵,因为太过震惊几乎脱口而出:"你有女朋友了?"她不敢相信,她明明听说他这么些年一直单身的,所以才鼓足了勇气过来跟他说话。

赵龙飞说道:"我作证,真有了。"说着往温乔坐着的方向抬了抬下巴,"喏,你往那边看,看到没,那个穿黄裙子的清纯美女。"

肖彩君扭头看见了坐在那里吃东西的温乔。

温乔只露出一个柔婉的侧脸,拿着蛋糕的手指纤细,皮肤莹白,脖颈细长,头发如同茂盛的海藻一般披散下来,连发尾卷翘的弧度都那么随意又自然。她勾开发丝,张嘴咬了一大口蛋糕,动作也毫不矫揉造作。

"温乔,你注意点形象,有人在盯着你呢。"穆清往那边瞥了一眼,忍不住提醒道。

温乔愣了愣，嘴里的蛋糕都没来得及嚼，下意识扭头看过去，顿时一噎。

肖彩君见温乔看了过来，几乎是下意识地躲开她的眼神，然后又往宋时遇脸上看去，他那张疏离冷淡的脸上笼上了一层柔软宠溺的笑意，肖彩君心里的最后一丝怀疑也消失了，涌上无数说不上来的失落。

"他们都看我干什么？"温乔忍不住问穆清。

穆清挑眉说道："这还不明显？肯定是那个女孩子跑来跟宋时遇要微信，宋时遇说自己有主儿了，女孩不信，宋时遇就把你指给她看了。你看，那个女孩马上就要伤心地走了。"

温乔半信半疑地看着她，然后往那边瞥了一眼，果然看到那个女孩子走开了，至于伤不伤心，倒是看不出来。温乔眼神往旁边一挪，就看到宋时遇还在看着自己，心里顿时跳了一下，慌忙收回了视线，端起桌上的红酒闷了一大口。

穆清瞥了一眼说道："你这可是第二杯了啊，干吗，想把自己灌醉啊？"

温乔想起上次的糗况，顿时不敢再碰了。

✲

穆清是个擅长社交的人，她带着温乔四处逛了逛，把温乔介绍给自己认识的一些在临川发展得比较好的校友。

温乔才认识了两个，见穆清游刃有余地跟对方聊天，而她在旁边插不上话，还要答一些她不怎么想答的问题，就有点想走，于是她对穆清说道："穆清，我去下洗手间。"

穆清转头看她一眼，明白她的真实意图，也不勉强，点点头说道："去吧。"

温乔就从热闹的宴会厅里走了出去。

第25章 不要后悔

穆清目送温乔离开。

"温乔有男朋友吗?"这时正和她聊天的学长问道。

穆清回过头来,笑了笑说道:"有的。"

学长似乎有点惋惜:"可惜了。"

穆清抿唇一笑,随意说了几句,也走开了。

她在人群中找到宋时遇,然后走过去:"宋时遇,方便单独聊一下吗?"

赵龙飞看到她,顿时眼前一亮。

宋时遇看到她的第一反应却是抬头扫了一眼四周,然后问:"温乔呢?"

穆清笑了一下:"她去洗手间了。"

宋时遇点了点头,又扬了扬下巴:"去那边吧。"说着率先提步走去。

穆清跟了过去。

赵龙飞眼巴巴地看着那边,不知道他们会聊些什么。

第 26 章
"我的心永远和我的理智背道而驰。"

温乔回来的时候,穆清和宋时遇还在聊。

"温乔,你那朋友还单身吗?"赵龙飞主动找到温乔,问道。

温乔看了眼那边正在单独说话的穆清和宋时遇,然后对赵龙飞说道:"不是。"

穆清现在是单身,但是那也是因为她暂时不想谈恋爱才单身,她刚刚分手不到一个星期,而且她永远都不缺下一任,赵龙飞也不是她喜欢的类型。不过这些话温乔当然没有办法对赵龙飞说,只能用穆清不是单身来打消他的念头了。

一听穆清不是单身,赵龙飞立刻露出一个遗憾的表情,然后说道:"他们聊什么呢,聊这么久。"

温乔只看见穆清一直在说,宋时遇在一旁听着,表情有些不大好的样子。

"温乔,你这些年过得还好吧?"赵龙飞问道。

温乔点点头,笑着说道:"我挺好的。"

那些苦日子都熬过去了,现在是真的挺好的,还能这么光鲜亮丽地来参加校友会。

第 26 章 "我的心永远和我的理智背道而驰。"

赵龙飞不知道温乔这些年是怎么过来的,只是在学校的时候他就觉得温乔虽然学习不好,但是性格好,人又机灵,就算到社会上应该也会如鱼得水,所以温乔这么说,他也就相信了。

"你跟时遇是什么时候联系上的啊?我前几天问他,他还骗我说他跟你没有联系呢。"赵龙飞又开始提问。

"也就是最近。"温乔说道。

"时遇说他还在追你,你怎么不答应啊?"赵龙飞问道,"我看时遇连你高中时候送他的那条红绳都还戴在手上呢。不过你们当年到底是为什么分的手啊?是不是因为异地?"

他一个问题接着一个问题,温乔简直有点招架不过来。

这也不能怪赵龙飞,有些话他不敢问宋时遇,问了也得不到答案,但还是好奇想知道,可不就得逮着温乔这个好欺负的老实人问。

温乔也不知道该怎么回答这些问题,下意识往宋时遇和穆清那边一瞥,他们两个站位有变化,看着像是聊完了,于是她立刻转移话题说道:"他们两个聊完了。"

赵龙飞果然被成功转移了注意力,随即往那边一看,宋时遇和穆清都往这边来了。也不知道穆清和宋时遇谈了些什么,宋时遇看起来心情不大愉快。

宋时遇不经意地看到温乔的瞬间,脸上冷峻的神情忽然柔和下来,他径直走过来,步子迈得很大,眨眼就到了她面前,带着满腔涌动的滚烫情绪,却不知道要怎么表达,最后只是抓住她的手,重重地握了一握,没有等到温乔反应过来,他就已经松开了。

温乔惊讶且困惑地看着他，他幽黑深邃的眼底仿佛有汹涌的暗流。

宋时遇对她笑笑："没事，等结束后回去再说。"顿了顿，又交代她，"等会儿不要自己一个人走，想走了就叫我，我跟你一起走。"

温乔犹豫着点了点头，还是觉得有点奇怪，便向穆清投去困惑的眼神。

穆清只微笑着耸耸肩。

每场宴会都会有一个主角，今晚的校友会上，很明显宋时遇就是那个隐形的主角，不少人都在默默地关注他，随着他移动视线。宋时遇刚才的动作也落入了不少人的眼里，他们或多或少都有些惊讶，纷纷跟身边的人打听起温乔来。

但是温乔在学校那会儿实在不算有名，她除了人缘好，并没有别的出挑或者是出格的地方，除去自己班里的人，只怕就只有宋时遇班里的人对她这个人有那么点印象。完全不像宋时遇，但凡在二中读过书的，都听说过他这么一个神仙。

温乔在高中时候最让人熟知的身份，恐怕就是宋时遇的邻居，经常给他送饭、和他一起上下学的那个。但是因为温乔今天形象大变，就算是当年宋时遇班里经常见她的同学，也认不出来她了。

有人打听到了赵龙飞这里来："赵龙飞，刚才那个女的是谁啊？和宋时遇牵手的那个。"

赵龙飞表情怪异地看着他说道："你问我？这人你也认识啊。你认不出来？"

这位高中同班同学露出一个惊讶且疑惑的表情："我认识？"他忍不住朝那边的温乔多看了几眼，但是怎么看都觉得眼生，而且但凡是个美女他都印象深刻，这个他是真没认出来，"谁啊？"

第26章 "我的心永远和我的理智背道而驰。"

赵龙飞说道:"她以前不是经常来我们班里给时遇送饭吗?"

高中同学愣了愣,然后张大了嘴:"宋时遇的那个小跟班?"他又往温乔那边看了几眼,终于在她笑起来的时候找到了一点过去的影子,"这变化也太大了吧,我记得她以前好像特别黑,头发也很短……"长得倒是不难看,笑起来也挺可爱的,但是实在是跟现在这个皮肤白到发光的清纯美女联系不到一起去。

"是不是整容了?"他下意识问道。

"放屁。女大十八变没听过啊?"赵龙飞下意识维护道,"人家长得那么纯天然,就是头发长了点,皮肤变白了,还化了点妆。"

高中同学一时有些悻悻的,又说道:"哎,又不是你女朋友,你这么激动干吗?"

赵龙飞说道:"不是我女朋友,那也是我小学妹。"

高中同学又问:"她跟宋时遇在谈恋爱啊?"

赵龙飞说道:"差不多了吧。"

高中同学诧异:"什么叫差不多?刚刚不都牵手了?"他说着,还两只手交握在一起演示了一遍。

赵龙飞说道:"这不是时遇还在追嘛,就等温乔点头了。"

"宋时遇追她?"高中同学有些错愕,"你是不是说反了?"

在他们心里,宋时遇是神一样的存在,神要是喜欢谁,还需要追求吗?

"她现在是干什么的?"高中同学忍不住问道。

"好像开了家饭店吧。"赵龙飞说道,他也只是恰好听了一耳朵,没听到具体的。

高中同学倒也没说什么，高嫁低娶本来就正常，再加上宋时遇跟温乔也算得上是青梅竹马了。

✦

吃吃喝喝得差不多了，就要开始转场了，酒楼里有KTV，有人提议去KTV唱歌，有不少人响应。

温乔五音不全，对唱歌没有兴趣，也没有兴趣听一群不熟的人唱歌，再加上她喝了酒，头昏昏的，就想早点回家休息，所以宋时遇问她想不想去唱歌的时候，她毫不犹豫地摇头。

"我们不去了，你去吧。"宋时遇对赵龙飞说道。

"那你送温乔回去吧，我再玩会儿。"赵龙飞说道。

宋时遇点头，又问穆清怎么回去。

穆清说道："你们不用管我，我开车来的，叫个代驾就行。"

宋时遇应付完那些挽留他的人，带着温乔先走了。

车上很安静，温乔终于找到机会问他："刚才穆清跟你说了什么啊？"

宋时遇抽出一只手来握了握她的手："等回去再跟你说。"

温乔怔怔地垂眸看着宋时遇握着她的手，忽然问："宋时遇，你当初为什么会喜欢我啊？"

宋时遇转头看了她一眼，把她的手握得更紧："喜欢就是喜欢，有什么为什么？"

温乔说道："怎么会没有为什么呢？我以前喜欢你就是因为你长得好看，说话声音好听，学习好，虽然有的时候嘴巴很坏，但是有的时候你对我也很好，那你呢？你为什么会喜欢我？"

第 26 章 "我的心永远和我的理智背道而驰。"

宋时遇沉默了一下,说道:"我不知道。"

如果只是说她的优点,那她有很多。脾气好,很阳光,做饭好吃,除了读书什么都会,充满蓬勃向上的生命力。但这些都不是他喜欢她的原因。别人也会有这样的优点,但别人都不是温乔。

不知道从什么时候开始,只要她在身边,他就会觉得特别放松、舒服,常常还会莫名其妙地想笑。看到她开心,他也会情不自禁地开心起来。他会因为她无意识的靠近而突然脸红心跳,还要强装镇定,也会因为她和别人关系好就心生嫉妒,甚至想让她只亲近自己,只对自己笑。

温乔沉默了一会儿,然后轻声说道:"那我要怎么才能相信你是真的喜欢我呢?"

✦

宋时遇突然把车靠边停了,沉默了一会儿才说道:"温乔,这个问题我也问过自己很多次。在我每一次下定决心告诉自己这是最后一次回青阳乡下的时候,我都会问自己,你到底有什么特别的,特别到让我这么多年都念念不忘。你有的优点别人也有,甚至还有比你做得更好的,可为什么哪怕过了十年,我还是只喜欢你一个,谁也入不了我的眼?

"我的理智告诉我应该放弃过去重新开始,可是我的心却永远和我的理智背道而驰。

"你早早就在我心里占了位置,哪怕你走了,这个位置上好像也刻上了你的名字,留下了你的烙印,谁也进不来。"

温乔怔怔地看着他的侧脸,看着他嘴角扬起的那一抹自嘲的弧度。

宋时遇转过头来,深邃黑眸凝视着她:"阿温,我也不知道我到底是因为什么喜欢你,但是只要你在我身边,我就觉得放松、安心,如果你不在,我就总是想着你,会想你现在在干什么,想见你。看到你和别人走得近,我会吃醋,看到你对别人好,我会嫉妒、生气,只想让你偏爱我一个人。我想做一些事情让你开心,如果你开心了,我也会觉得开心。"

他沉声说道:"阿温,如果这些都不是喜欢,那你告诉我,什么才叫喜欢?"

温乔白皙的脸上染上了红晕,眼睛里潋滟着波光,一眨不眨地凝视着宋时遇的脸。她从来没有听宋时遇说过这么长的一段话,后面她几乎都听不清他在说些什么了,她脑子里嗡嗡作响,胸腔里一颗心又重又急地蹦着,像是酒精的作用姗姗来迟,从脸一直烧到胸口,烧得沸腾滚烫,以至眼眶泛酸,含着的眼泪摇摇欲坠。

温乔下意识地想要把头扭到另一边去,却被宋时遇扳了回来,他盯着她两秒,突然倾身过来,吻了下她落泪后湿润的面颊,喃喃道:"阿温,你也还喜欢我对不对?"他低沉的嗓音里藏着委屈,"你以前明明那么喜欢我,怎么可能说不喜欢就不喜欢了。"

温乔被面颊上那个一触即分的吻给惊住了,分不清是自己的错觉还是真实的,她一时呆住,身体僵硬,心跳一下快过一下,说不出话来。

宋时遇看到她一动不动,失落地垂了垂眸,人也慢慢退回去:"对不起……"

温乔忽然出声:"你又想骗我一次是不是?"

宋时遇被她问得一愣,抬眼疑惑地看着她:"什么?"

温乔眼睛里还有泪意,眼神却不闪不避:"我跟你表白那次,不就是这样吗?这次是不是又想这样骗我,让我再跟你表白一次?"

宋时遇一时没有反应过来，紧接着心跳突然加快，眼神也开始变化，喉结艰难地滚动了一圈，生怕自己会错了意，几乎有些小心翼翼地说道："我不是……那我跟你表白好不好？"

温乔不说话，一双被泪水洗过的眼睛清亮地盯着他。

宋时遇重新靠近过来，眼神紧紧地盯住她，小心翼翼又珍而重之地说道："温乔，我爱你，你愿不愿意跟我在一起？"

温乔没有说话。

宋时遇从来没有像现在这样紧张无措过，视线紧紧盯着温乔，不错过她脸上一丝一毫的变化，一颗心惴惴不安，上一秒还满怀期待，下一秒又怀疑是不是自己会错了意。

短短几秒钟而已，他却觉得无比漫长，心情过山车一样直上直下几个回合，喉结不安地动了几下，终于他按捺不住，垂下眼失望地说道："我知道自己做得还不够好……"

"你会不会一直爱我？"温乔突然问道。

宋时遇猛地抬起眼来，眼神一瞬间绽放出让人目眩的光亮。

他感受着自己的心脏控制不住地狂跳，毫不犹豫地坚定回答："我会一直爱你，也只爱你。"

温乔抿了抿唇，并没有因为这句话有什么特别的反应，接着说道："你知道我家里很穷，奶奶生病，大伯也要我照顾，还有平安，我以后都是要跟他们住在一起，照顾他们的。"

宋时遇忽然笑了笑，看着温乔说道："也许说了你不会相信，你说的这些，我早在十年前就已经计划过了，虽然那个时候奶奶还没有生病，也还没有平安,但我知道你以后肯定会舍不得奶奶和大伯。"

温乔没有不相信,很奇怪,宋时遇无论说什么,她都是相信的,但她的确没有想过,宋时遇居然计划过他们的将来,包括她那被别人视为包袱的家人。听他叫奶奶和大伯,语气仿佛已经把他们当成了自己的家人一样,更让她心里熨帖极了。

宋时遇说道:"我想了两个方案,你先听听看,如果不满意,你可以提修改意见。"

"一个方案是,奶奶和大伯如果愿意,我们可以住在一起。"他说着笑了笑,隐隐带着几丝失落,"我是不是没有告诉过你,我父母总是很忙,一家人一起吃顿饭的机会都很少,我其实很羡慕你们一家人住在一起,总能热热闹闹的。"

温乔忽然想起来,以前暑假她去临川找他的时候,他住在自己的房子里,并不是跟家里人一起住,平时也从来没见他和家里人打过电话,他在乡下住了两年,他父母只在过年的时候来过一次,好像是下午来的,连夜都没过就匆匆走了。他从来不提起他的家里人,她也从来不问,这还是她第一次听到宋时遇提起。

宋时遇接着说另一个方案:"如果奶奶和大伯不愿意跟我们一起住,我名下还有两套房子,我们和他们可以分开住,是那种就在同一层的两户,你要照顾他们也很方便。你觉得呢?"

温乔说不出什么来,这两个方案都挑不出半点毛病,她甚至都想象不到宋时遇居然会计划得这么好,好像她之前所有的顾虑和胆怯都只是杞人忧天。

"那你的家里人呢?"温乔忽然有些坐立不安。

他们会接受宋时遇这样一个天之骄子和她这么一个出身贫穷、现在也没什么资本，还带着那么多拖累的人在一起吗？

宋时遇看着温乔认真地说道："阿温，相信我，我会扫平一切挡在我们面前的阻碍，除了你自己，任何人都没有办法成为我们之间的阻碍……只要你也爱我。"

温乔没说话，心里发出认命似的一声轻叹，她低头解开安全带，倾身过去，在宋时遇瞳孔骤然紧缩的一刹那，吻了他一下。

蜻蜓点水的一下，一触即分。她退开一些距离，然后注视着宋时遇凝固住的眼神，轻声说道："宋时遇，你说的没错，我也喜欢你，一直喜欢你，从来没有变过。"

宋时遇凝固住的眼神随之破碎，绽开一片片亮粼粼的波纹，他那带着些许不敢置信的眼中迸出狂喜，却又不敢太高兴，竭力克制着心里澎湃的喜悦，他紧张地握住温乔的手，紧紧攥住，居然罕见地流露出几分孩子般的傻气："阿温，我不会是在做梦吧？"

温乔第一次见他这样，忍不住逗他，绷着脸说道："嗯。你在做梦。"

宋时遇顿时僵住。

温乔忽然再次靠近过来，在他嘴唇上啄了一下，然后告诉他："这也是在做梦。"

就在她又要退开的时候，宋时遇猛地反应过来，一把扣住她的后颈把她按回来，急切地吻了回去。

这个吻来势汹汹，宋时遇已经等得太久太久，而且太急切地想要证明刚才发生的一切并不是他的梦，而是真实的。他努力压制着脑子里几乎要发疯的念头，生怕吓到温乔，除了刚开始碰到的那一下太过用力，剩下的触碰都带着小心翼翼的温柔。

哪怕捧着她脸的手都控制不住地在发抖，心跳快得像是心脏病要发作，但他还是不舍得放开。他虔诚地用自己颤抖着的嘴唇碾压厮磨着温乔那两片温软的嘴唇，他紧紧闭着眼，鸦黑的睫毛不住地震颤，喉结不停地上下滚动着，就在他按捺不住想要加深这个吻的时候，温乔突然推了推他的胸口。

宋时遇立刻停了下来，浓密的睫毛颤了两下，睁开眼不安地看着温乔，一开口，嗓子哑得过分，但他自己浑然不觉，带着几分乞求地唤她："阿温……"

温乔一张脸涨得通红，心跳快得让她发慌，脑子里也是一片空白，刚才主动亲宋时遇的勇气已经荡然无存，只剩下一阵阵的悸动。

她对上宋时遇委屈的眼神，明知道他在故意装可怜，还是有些难以直视，于是飞快地移开视线，干巴巴地冒出一句："该去接平安了。"

宋时遇依旧一动不动，试探着问："那等会儿我可以告诉平安这个好消息吗？"

温乔愣了愣，又把视线调了回来："什么好消息？"

宋时遇说道："我们在一起了。"顿了顿，他强调，"你不用担心平安不能接受，他挺喜欢我的。"

第 27 章
"我希望我自己能堂堂正正地站在你身边。"

"……会不会太快了?"温乔犹豫着问。今天晚上发生的这一切可以说是纯属突然。

她出门的时候也没给平安预告过他要获知一个这么惊人的消息。虽然平安表示过他喜欢宋时遇,但是这也太突然了。

准确来说,其实是她还没准备好。

宋时遇听出她拒绝的意志并不坚定,于是重新攥紧她的手说道:"快吗?我不觉得。我们今天晚上先告诉平安,等过几天我们回青阳看望奶奶、大伯还有姑奶奶,再跟他们说我们的事。"

温乔听蒙了,惊讶地看着他:"啊?回青阳?"

这么快就要见家长?怎么就进行到这一步了?

宋时遇说道:"十年前我们就瞒着家长,现在不需要了,在以结婚为前提交往的情况下,我觉得有必要让家长知道。"他忍不住笑了笑,"奶奶和大伯也一定会很高兴的。"

他甚至有些后悔,十年前不该瞒着奶奶、大伯还有姑奶奶的,否则他们闹分手的时候，有家长干预进来，可能根本不会走到分手那一步。

温乔听他说到结婚，心脏又乱蹦起来，她当然知道奶奶和大伯肯定会很高兴。奶奶虽然嘴上不催，但是这些年也一直在盼着她能够结婚，能够有人关心和照顾她，尽管她早就说过自己这辈子不结婚，就和他们一起过，可奶奶还是会在打电话的时候跟她说如果遇到了好的，就要试试。

奶奶也一直很喜欢宋时遇，她还跟温乔说过，不知道以后是谁有这样的福气能嫁给宋时遇。现在这福气要落在她自己的孙女身上了，她想必是高兴的。大伯必定也会很高兴，他一直很崇拜宋时遇。

可是如果现在告诉了他们，后面她跟宋时遇没能走到结婚那一步，那他们岂不是空欢喜一场？

温乔想到这里，忍不住微皱着眉，下意识说道："我们会在一起多久都不知道……"

宋时遇嘴角的笑意瞬间冻结，流光溢彩的眼睛也瞬间沉寂，一片沉重的墨色向她压过来："你想都别想。"他把原本攥着她手掌的手变换姿势，张开手指插入她的指缝，扣紧她的十指，举到她面前，目光深深地望进她的眼睛，"你刚才已经答应我了，就别想再反悔，我不会给你这个机会的。我们这一辈子都已经绑在一起了，你别想再跑。"

温乔咽了口口水："我不是……"

宋时遇紧接着说道："如果你还是觉得我们随时都有可能会分开，我们可以先去领证。"

温乔人都傻了："啊？？？"

宋时遇盯紧她："我们可以先把证领了，至于婚礼，你想什么时候办我们就什么时候办。这样,奶奶也会更放心地把你交给我。"

怎么听起来像是她在逼婚似的?温乔紧张地狂咽口水:"不……我不是这个意思。"

计划虽然落空,但宋时遇并不失望,又把话题转了回去:"上次你不是说想尽快把奶奶和大伯接来临川吗?这几天我把房子安排好,等我们回青阳的时候,就可以顺便把他们都接过来了。"

温乔怀疑自己是不是喝多了,怎么越说她头越晕了,最开始不是还在说要不要把他们在一起的事告诉平安吗?怎么突然就进展到又是领证,又是把奶奶和大伯接过来了?

"现在还不行,我还没有存够钱……"她还欠穆清将近十万,虽然穆清总让她别着急还,但是她不喜欢背着债过日子,哪怕对方是她最好的朋友,所以她手里有了余钱就会先打给穆清。

为了开这家店,穆清借给了她十六万。好在店从上上个月就开始盈利了,而且生意越来越好,特别是这个月,连工作日都能坐满了,她因此攒了不少钱,也立刻还给了穆清,剩下的,她计划在三个月内还清。然后她就可以找房子,把奶奶和大伯都接过来了。

宋时遇说道:"这些你不用担心,我都会安排好的。"

温乔微不可察地皱了一下眉,抿了抿唇,心里挣扎了一番,最后还是看向宋时遇,坚定地说道:"我知道你是好意,但是我想按照我自己的计划一步一步地来。"

宋时遇皱了皱眉,不解地看着温乔:"你能告诉我为什么吗?"

温乔认真地看着他:"我有我自己的原则,就算我们现在是在谈恋爱,也不代表我就什么事情都要依赖你，靠你帮忙才能完成。我有能力养活自己、奶奶、大伯还有平安。"

她清亮的眼眸注视着他："宋时遇，虽然人人都觉得我高攀你，但我不管别人怎么说怎么看，我希望我自己能堂堂正正地站在你身边，在别人质疑我什么都是靠你的时候，也能挺直腰杆告诉他们，我靠的是我自己。"

宋时遇望着她熠熠生辉的眼睛，沉默半晌，最后无可奈何地叹了口气，带着几分无奈与纵容："那我能为你做些什么？"

温乔忍不住弯了弯嘴角，声音也放软了："我总会有力所不能及的事情，在那个时候，请你当我的底气和靠山。"

"这还需要你说？"宋时遇不满地斜睨她一眼，心却软了软，"具体点呢？"

温乔厚着脸皮，抓着他的手往自己的脸上贴了贴，对他露出一个讨好卖乖的神情，清透的眼里闪着柔亮的笑意，眼巴巴地望着他："你多对我笑一笑。"

宋时遇眼底闪过一丝惊愕，随即耳尖倏地红了。

温乔忽然委委屈屈地说道："你以前总是对我爱搭不理的，我都怀疑你根本就不喜欢我，就是馋我做的饭。"

宋时遇蓦地被气笑了，哼笑了一声："你那时候给我做饭，我是交了伙食费，还需要把我自己搭进去？"

温乔说道："反正你那时候很高傲。"

宋时遇多少有些心虚，他那时候的高傲是故意的，就是骄傲又别扭，不想让温乔知道他有多么喜欢她。

"不是高傲，是幼稚。"他纠正之后又保证，"以后都不会了。"

第27章 "我希望我自己能堂堂正正地站在你身边。"

其实温乔已经感受到了,他和少年时期的不同。

宋时遇说道:"你刚才说的,我都答应你。那你能不能也答应我,把我也规划进你的人生计划里……让平安、奶奶和大伯知道我们在谈恋爱,给我一个名分。"他顿了顿,鸦黑的睫毛扇动着,流露出几丝恰到好处的脆弱和不安,"不然我总觉得你会轻易反悔,我没有安全感。"

温乔觉得宋时遇现在在示弱这方面是越来越得心应手了,可明知道他这是完全拿捏准了她的脉门,知道她现在吃软不吃硬,她还是无法拒绝他示弱的样子,只能毫无抵抗力地说道:"……好吧。"

宋时遇高兴了,发动车子:"那我们去接平安回家。"

温乔怔了怔,看了他一眼,然后轻轻地"嗯"了一声。

✦

"宋总。"贺澄开了门,看到站在门口的温乔和宋时遇后,微微愣了愣。

因为来的时候温乔已经告诉宋时遇这是贺澄家,所以看到贺澄来开门,宋时遇并没有惊讶,只是微一点头,很自然地说道:"我们来接平安。"

贺澄看着他们两人并肩站在门外,俨然是一对来接小孩的夫妻。

这时在贺灿房间里玩的平安似乎有预感般走了出来,看到门口的温乔,立刻小跑着过来:"姐姐!"又看向旁边的宋时遇,雀跃地叫了声"哥哥"。

贺澄心里有点酸,平安每次叫他都是叫贺澄哥哥,现在叫宋时遇,居然都不加名字,就直接叫哥哥,而且态度也有种异常的亲昵。

贺灿呢,看看温乔,又看看宋时遇,人小鬼大地问道:"温乔姐姐,你今天是不是跟这个哥哥约会去了?"

温乔弯腰掐了掐他的小脸:"不是告诉你了吗?是校友会。"

贺灿眼珠子转了转:"那你们怎么一起来接平安?你们住在一起吗?"

温乔脸上一热,说道:"他是我们的邻居,住在我家隔壁。"

宋时遇心生不满,偷偷抓住她的手,在她掌心捏了两下。这暗地里的小动作落在贺澄眼里,让他心情不受控制地低落下去。

温乔牵着平安的手说道:"那我先把平安接走了,谢谢你们了。"

贺灿恋恋不舍地跟平安挥手再见。

平安也冲他挥了挥小手,随即被温乔牵着下了楼,坐进了车里。等到车子发动了,平安忽然问道:"你们开始谈恋爱了吗?"

温乔刚系好安全带,闻言惊讶地扭头看向宋时遇。

宋时遇和她对视一眼,平静地转过头去看后座的平安:"你怎么知道的?"

平安淡定地说道:"我看到你们在贺灿家门口偷偷牵手了。"

温乔:"……"

她偷偷瞪了宋时遇一眼。

宋时遇嘴角一勾,心情颇为愉悦地说道:"看来不需要我们另行通知了。"

平安:"祝福你们。"

温乔:"……"

宋时遇:"谢谢。"

平安:"不客气。"

温乔:"……"

这不是她想象中的场景。

※

"姐姐,你开心吗?"温乔给平安盖被子的时候,平安忽然问道。

第27章 "我希望我自己能堂堂正正地站在你身边。"

"嗯？"温乔一时没有反应过来。

"你跟宋时遇哥哥谈恋爱，开心吗？"平安又问了一遍。

温乔点了点头，嘴角微微弯了起来："开心的。"

平安也抿出了一个微笑："那就好。"姐姐开心，他就开心了。

温乔等平安睡着了，才开门出去，准备去店里看看，她先是走到宋时遇家门口，敲了敲他的门。敲门是他交代的，让她出门的时候叫上他。

"我要去店里了。"温乔说道。

"走吧。"宋时遇说着，反手带上门。

"你也去啊？"温乔问。

"我晚上在那里没吃什么，正好去店里吃点东西。"宋时遇说道。

"这个时候店里应该还有好多人呢。"温乔说道。这才十点半，正是店里生意好的时候，再加上又是周末，估计食客都排队了。

"那我可以去店里帮忙。"宋时遇说道。

温乔看着一脸"天真无辜"的宋时遇，无奈地说道："你又想被拍啊？"

宋时遇说道："我不介意。"

温乔说道："我介意，等下都围着你拍照了，我还怎么做生意？"

宋时遇皱着眉头委屈地看她："那我以后都不能去店里了？"

温乔说道："至少不能在周末晚上去，这样，你先去思意那里吃点东西，我去店里转一圈，要是忙得过来，我很快就去找你。"

宋时遇说道："那我先送你过去。"

温乔点点头答应了。

宋时遇极自然地牵住她的手，和她十指相扣，说道："走吧。"

✱

温乔不知道是因为今天化了妆穿了新裙子,所以有了自信,还是宋时遇和她十指相扣的手很用力,让她很安心。总之当她和宋时遇牵着手走在人来人往的四五路上的时候,她居然并没有因为两侧路人的目光感到胆怯退缩,反而心里甜滋滋的,她自己都觉得稀奇。

走到分岔口,温乔坚定地拒绝了宋时遇要把她送回店里的要求,现在宋时遇的热度还没散呢,要是被拍到,网上又该乱写了。

宋时遇说道:"你来找我的时候记得给我发微信,我下来接你。"

温乔点点头:"知道了。"

宋时遇抓着她的手舍不得松开,突然低头快速地在她额头上亲了一下,交代她:"那你记得早点去找我。"

"你干吗啊!"温乔差点原地弹起来,她瞪着眼睛看他,简直不敢相信宋时遇居然就在这人来人往的大街上这么亲她。她涨红了脸,捂着额头做贼心虚似的瞟了瞟四周,好在宋时遇动作够快,并没有多少人注意。

宋时遇镇定自若地看着她,笑了笑:"去吧。"

温乔揉了揉被亲过的地方,羞涩地说道:"我走了。"背过身去的时候,她又捂了捂怦怦乱跳的胸口,觉得自己迟早要得心脏病。

"记得看手机,给你发微信要回。"宋时遇的声音在后面响起。

温乔头也不回地回了句:"知道了。"

旁边有两个正好路过的女生下意识抬起头看了过来,然后都面露惊讶,难以想象看起来那么高冷的超级大帅哥居然会这么主动。

"好羡慕。"

第27章 "我希望我自己能堂堂正正地站在你身边。" 131

"我也是。"

"这种好事什么时候才会落到我头上。"

"我也想问。"

✻

"天啦！温乔，你这是去哪儿做的造型啊，这一身也太好看了。"谢庆芳眼尖，看到温乔从自己家店外走过，立刻跑过来把人给拦住了，把她上上下下地打量了好几遍，眼睛里直冒光，"怎么化了个妆换了个衣服就变得这么漂亮了？你这头发也做了？"

温乔笑了笑，说道："没有，穆清在家里帮我用卷发棒卷了一下。"

谢庆芳啧啧称奇："真是佛要金装，人要衣装啊，变化也太大了，刚才你从这里过，我差点都没认出你来！你这一打扮起来，看着哪像个二十七八的人，跟二十出头似的，这妆也是穆清给你化的？"

温乔点点头，被这么盯着研究，她感觉有点不自在，说道："芳姐，那我先去店里了。"

谢庆芳放了她："去吧去吧，你店里现在正忙着呢。"

温乔笑着走了。

谢庆芳看着温乔离开后，还忍不住感叹道："三分长相，七分打扮啊。"

温乔往自己店面走去，看到排队区域放的凳子都坐满了人，等了十几位了，周敏正在手脚利落地收拾客人走后的一张桌面，温乔走过去帮忙，周敏抬起头，看到是温乔，顿时惊喜地说道："温乔姐！你参加完校友会啦？"

她说话并不影响手上的动作，麻利地把碗碟叠好收进专门的小车里的同时，眼睛亮亮地看着温乔说道："温乔姐，你今天真好看。"

温乔笑了笑，帮着她把桌子上的餐具都收进车里。

周敏忙说道："温乔姐你别管了，别把衣服和手弄脏了，我来就行。"

温乔看周敏脸上布着一层汗，刘海都被打湿了，一张脸热得红扑扑的，轻轻拍了拍她的背："辛苦了，小敏。"

周敏笑起来的时候会露出一颗小虎牙，显得有些天真可爱："温乔姐，我不辛苦。"

她觉得这里是她待过的最轻松自在的一个地方了，虽然累是累了点，但是人际关系简单，而且除了陈珊珊，大家都相处得很好，温乔也像大姐姐一样关照他们，她在这里的每一天都很开心。

温乔笑了笑，然后往店里扫了一眼，没有看到陈珊珊的影子，便问道："珊珊呢？"

周敏抿了抿唇，欲言又止，最后只说道："她上洗手间去了。"

温乔没有追问，而是进了店里。

这会儿正好是店里生意最忙的时候，蛋炒饭那些都炒出来了，温华和刘超都守在烧烤架前，看到温乔来了，温华立刻迎上去，把烧烤摊子交给了刘超。

"温乔姐，你今天打扮得好好看。"温华眼睛亮亮地看着温乔说道。

温乔今天已经接受了太多的赞美，都快麻木了，只笑了笑说道："今天晚上是不是特别忙？"

温华笑嘻嘻地说道："对，今天晚上从八点多就开始排队了，而且今天店里的羊肉串卖得特别好，客人还夸我们的羊肉新鲜呢。"

羊肉当然新鲜，温乔买的羊肉都是每天现杀的，虽然成本贵了不少，但是味道却比那些冻货或者是半成品要好吃得多。但凡是会吃的人，都能吃出来她这里的肉和别家店里的肉的区别。

温乔笑着说道："辛苦你们啦。"

温华又说道："对了，温乔姐，今天下午有好几个人过来面试，但是你不在，我就让他们明天下午两点再过来。"

温乔点点头，然后问道："珊珊呢？"

温华一抬下巴："在后面打电话呢，打了好久了，周敏都忙死了，她还有时间接电话，而且一接就是半个小时，我让周敏去叫她，周敏也不敢去叫。"要说陈珊珊的缺点，他有一箩筐可以说。

温乔淡定地点了下头，说道："我知道了，我过去看看，你去忙吧。"说着就往后面走去。

"烦死了，店里又没有空调，我热得妆都花了，后面还凉快一点。反正温乔不在，我在后面偷会儿懒。"陈珊珊靠在墙上说道，"我真的不想干了，是我妈非逼着我在这里干。你不知道店里那些人有多讨厌，我看到他们就恶心，最恶心的就是周敏，明明是我介绍她来这里做事的，她现在反而跟别人一起排挤我……温乔也是，我好歹还是她的表妹，她不帮我，只帮着那些外人，我跟我妈说，我妈也只知道说我……"

陈珊珊一边抱怨着，一边不经意地扫了眼前面，随即话音戛然而止，惊慌地看着站在门口的温乔，也不知道她在那里站了多久，听到了多少。

陈珊珊飞快地挂掉电话，勉强挤出一丝笑容："温乔姐……"

温乔很平静地走过来，对陈珊珊说道："珊珊，其实你不想在我这里做可以跟我说的，我可以去跟你妈妈说。"

陈珊珊立刻慌了:"不是,温乔姐,我刚刚就是跟朋友乱说的,我没有不想在这里做。"

温乔说道:"好,我不说这个,现在前面那么忙,还有客人在排队,你怎么有空在后面打半个小时电话?"

陈珊珊下意识反驳:"我没有!我才打了一会儿。"她料定温乔刚来店里,说道,"是他们乱说!"

温乔很冷淡地看着她:"那你把手机给我看一下通话记录,如果没有二十五分钟以上,我向你道歉。"

陈珊珊没想到温乔居然会这么说,立刻捏紧了手机,心里也拿不准自己刚才打了多久的电话,有半个小时吗?可能真的有,她以为温乔今晚不会回来,没想到被撞了个正着。

手机她当然不会给温乔看,她也没有办法对温乔服软,只能咬了咬牙,硬邦邦地说道:"我下次不会了。"她现在还不能没有这份工作。

温乔见她到这种程度都不肯自己走,一时也不知道拿她怎么办才好了,只冷淡地说了句:"下不为例,去做事吧。"

陈珊珊僵着脸从温乔身边走过,去前面做事了。

温乔看着陈珊珊的背影,微微皱了皱眉,她对陈珊珊的忍耐和包容已经到了极限,如果陈珊珊还是继续维持这种态度,她只能跟表姑实话实说,让陈珊珊走了。

手里的手机突然响了两声,温乔一看,是宋时遇发来的微信。

"店里怎么样?"

"你可以过来了吗?"

第 28 章
爱屋及乌

"店里忙，晚点过去。"

"你吃东西了吗？"

收到温乔发过来的这两条微信的时候，宋时遇刚刚点完一份意大利面。

姚宗问："你不是去参加校友会了吗？校友会上没吃的？"

"吃了一点，饿了。"宋时遇头也不抬地专注给温乔回微信。

"点了份面，要过一会儿才有的吃。"

"你今天心情不错啊。"姚宗问道，"校友会发生了什么值得你开心的事情吗？"

"你们今天那个校友会，温乔也去了吧？"黎思意说。

宋时遇等了好一会儿，见温乔一直没回复，才暂时按灭了手机，抬头应付这两人："嗯。"

他忽然想起什么，又按亮了手机，点开相册里最近拍的一张照片，是他在宴会厅忍不住偷偷拍的人群中温乔的侧影，是一抹温柔又明媚的亮黄色。

"你跟温乔最近怎么样了？"黎思意问。宋时遇一般不会来这里，上次来是借酒浇愁，可看宋时遇今天的状态，浑身散发出一种微妙的愉悦气氛，让她怀疑是不是有什么情况了。

宋时遇抬头扫了眼正盯着他的黎思意和姚宗，轻描淡写地说道："挺好的。"

怎么是这个语气？黎思意有点意外，她还以为会有什么好消息呢。

"继续坚持。"黎思意干巴巴地安慰了一句。

大概半个小时后。

宋时遇说去接个人，然后下去了一趟。

黎思意和姚宗正奇怪他会带什么人来，就看见宋时遇和温乔手牵着手上来了。

黎思意第一时间反应过来，自己被宋时遇耍了，她气冲冲："好哇！宋时遇你居然敢骗我！"

姚宗也一脸愕然："你们俩这是在一起了？"

宋时遇炫耀似的向他们展示两人十指相扣的手。

温乔抿着唇羞涩地笑了笑。

✦

姚宗和黎思意都很为他们高兴。校友会上宋时遇滴酒未沾，却在酒吧被姚宗灌了不少。

等回到六楼狭窄昏暗的走廊里，已经是凌晨了。

宋时遇清冷白皙的脸上染上了一层薄红，牵着温乔的那只手紧紧地扣着她，一刻也没有放松，好像一松手她就能从他身边跑了似的。

温乔要把手从他手里抽出来，试了一下，没抽出来，反而被攥得更紧。

"阿温……"宋时遇带着清冽酒气的身体压过来，把她逼靠在墙上，清冷深邃的眼眸里泛着朦胧的水光,他透过这层水光凝视着她,喃喃道:"我不是在做梦吧……会不会一觉醒来,发现今天发生的一切都是梦。"

这已经不是他今天第一次说这句话了。温乔有点好笑,又有点心酸,她伸手搂住他的腰,也不说话,只是这么抬着头安静地看着他。

宋时遇的头渐渐低下来,灼热沉缓的气息和她的气息交缠在一起,手捧上她的脸,将她的脸抬高了,滚烫的唇随即也贴了上来。

温乔后背紧贴着墙壁,被他捧着脸亲上来,她紧张地闭上眼,咽了咽口水,从唇到脸一直麻到脚底板,她脑子里混混沌沌地想,他们以前谈恋爱的时候,宋时遇和她都害羞,总共也没亲过几次,而且都只是蜻蜓点水地那么一碰,很纯情,不像现在这样……

宋时遇正意乱情迷,骤然被她推开,茫然地睁开一双水雾缭绕的眼,里头带着无数的困惑委屈和意犹未尽,面颊也覆上了一层情动的薄红,哪还有平时疏离清冷的样子。他又凑过来要吻,温乔连忙撑着他的胸口不让他再凑近,宋时遇抬眼委屈不解地看她:"阿温……"

温乔脸红红的:"我、我气上不来了……"

宋时遇怔了一怔,随即胸腔震动着发出闷笑,上一秒还委屈不解的眼神瞬间化成一汪融融的春水。他握住温乔撑在他胸口的手,放到唇边亲了几下,又凑过来亲她的唇角,轻啄她的唇瓣、面颊,接着把脸埋进她的颈窝,深嗅她身上的味道。接着,他在她颈窝处胡乱地蹭了几下,把她抱得紧紧的,恨不能把她嵌进自己的身体里,似乎从胸腔肺腑里涌出了无尽的愉悦,他的声音从温乔颈窝处闷闷地响起来:"阿温,我好开心。"

温乔同样用力地抱住他的后背:"我也是。"她开心到几乎有些想要落泪,胸口都被快乐和幸福的情绪给涨满了，但是又不受控制地生出丝丝恐慌，好像就是因为此时此刻太过开心幸福，反而害怕这一切有一天会结束。她忽然后知后觉，宋时遇为什么会一直怀疑这一切是梦了，因为连她自己也开始怀疑了。

两人久久地相拥，谁也舍不得松开。

最后还是她先撑不住，推推宋时遇，柔声说道："好了，开门进去早点睡吧。白天不是还要工作吗？"

宋时遇抬起头来，皱着眉，有点不满地看着她："你就不想跟我待久一点吗？"

温乔沉默了一会儿，说道："现在都凌晨了。"

宋时遇眼里不满的意味更浓了，语带控诉："你平时都是凌晨三四点才睡的。"

温乔没办法，只能老老实实地说道："其实我脚有点疼……"

宋时遇立刻松开她，低头去看她的脚。

温乔说道："我穿了高跟鞋……平时不穿的，今天偶尔穿一次，站久了就有点疼。"

宋时遇皱眉说道："怎么不早点告诉我，很疼吗？"

温乔摇头："还好，就是站久了会有点。"她趁机说道，"你刚刚在酒吧喝了好多酒，赶紧进去睡觉吧，我也回去洗洗睡了。"

宋时遇勉为其难地答应了："我送你。"

温乔有点哭笑不得，就在隔壁，三步路都不到。

宋时遇把她送到门口，又说道："我看着你进去。"

第28章 爱屋及乌

温乔掏出钥匙来开了门:"那我进去了。"

宋时遇忽然说道:"等一下。"

温乔:"嗯?"

宋时遇蓦地靠过来,俯身在她额头上落下一吻,对她甜甜一笑:"晚安。"

✷

温乔洗漱完躺在床上的时候,一想到宋时遇那个甜甜的笑,还是忍不住要露出傻笑。

手机被她调成震动模式,就放在床边,这会儿嗡嗡地响了几声,她拿起来,是宋时遇给她发的微信。

"我睡不着。"

"你睡着了吗?"

"我可以给你打电话吗?"

"不说话,就通着。"

温乔把手机音量调小,然后直接拨了过去。

那头很快就接了起来,黑夜里传来刻意压低的一声:"喂。"

温乔也小声地"喂"了一声。

"你睡吧。"宋时遇顿了顿,又轻声说道,"就让电话这么通着。"

温乔怔了怔,随即轻轻地"嗯"了一声。

她把手机放在枕头边上,闭上眼睛,不禁想起以前在学校的时候,晚上窝在被窝里跟宋时遇打电话,因为太缺觉打着打着就睡着了,往往到第二天早上醒来,才会发现手机没电自动关机了,因为宋时遇那头一直没挂电话,通话状态保持了一宿。

她那时候因为学习压力大，总是睡得很不安稳，脑子里充斥着各种杂七杂八的念头，常常半夜惊醒，可是每次跟宋时遇打着电话，却很容易就能睡去，安安稳稳地睡到第二天早上。而此时电话那头的宋时遇，也回想起了那个时候，他只要跟温乔打电话，就总会在宿舍阳台上打很久，温乔常常说着说着话就睡着了，他也舍不得挂，只把自己这边静音了，然后听着她的呼吸声睡去。

他那时候还总觉得温乔嗜睡，打着电话说着话也能睡着，直到今天晚上穆清告诉他，他才知道，温乔当年为了考到临川来有多拼命。她不是嗜睡，是睡眠根本不够。她晚上没有跟他打电话的时候，都是在被窝里打着手电筒学到凌晨两三点，平时连饭都是让同学帮忙带到教室，她几乎是不要命地在学，学到一个月流了三次鼻血，连走路都是飘的。

可这些她从来没有跟他说过，如果穆清没有告诉他，他永远都不会知道。

他那时担心她没有他的督促会懈怠，还总是在电话里不断地给她压力。

只要一想到温乔当年拼了命地想要考到临川来，却因为奶奶生病不得不放弃高考，而他却在电话里对她冷语质问，他就懊悔心疼地要死。

※

早上，温乔一觉醒来，下意识先去摸枕头边的手机，发现果然没电自动关机了，随即她听到门口传来开关门的声音，同时伴随着刻意压低的絮絮说话声。

温乔从床上坐起来，对着门口那边叫了一声："平安？"

"姐姐你醒啦，我跟姐夫去排队买了生煎包。"她一出声，手拎着一个生煎包打包袋的平安就出现了。

姐夫?温乔愣了愣,然后就看见被他称为"姐夫"的宋时遇拎着一份小馄饨和几杯豆浆从他身后绕出来。

宋时遇一派自然地跟平安把早饭放在桌上,两人拿碗的拿碗,拆包装的拆包装,俨然一家人一般。"你醒了,快起来去刷个牙吃早饭吧。"

温乔觉得眼前这个场景十分不真实:"现在几点了?"

宋时遇暂时停下手上的动作,抬起手腕看了眼表,回答:"九点半。"

温乔呆滞地问:"那你不上班吗?"

宋时遇说道:"晚一点,等你一起去。"顿了顿,补充了一句,"对了,今天平安跟我一起去公司。"

温乔讶然:"平安跟你去公司?去干什么?"

宋时遇言简意赅:"玩。"

温乔:"……"

她看向平安。

平安眼巴巴地看着她,眼神里满是期待:"姐姐,我可以去吗?"

温乔当然拒绝不了他,她看向宋时遇:"不会打扰你工作吗?"

宋时遇说道:"我工作没有那么忙,可以带他在公司四处逛逛,他也可以在我那里看书写作业,比总是待在店里好。"

这倒也是,温乔一直担心平安总待在店里会少很多快乐,所以能有机会让他去别的地方走走,她当然也是高兴的。

温乔点点头说道:"那好吧。"

宋时遇说道:"你先去刷牙,然后过来吃早饭,等会儿东西都凉了。我过去我那边搬张椅子过来。"

等他走了,温乔才掀被子下床,问平安:"你怎么就叫上姐夫了?他让你叫的?"

平安诚实地点点头。

温乔在他小脑袋上揉了一把:"你就这么喜欢他?他让你干什么你就干什么。"

平安看着温乔,认认真真地解释道:"我对姐夫就像姐夫对我一样,我们都是爱屋及乌。"

他一口一个姐夫,叫得别提多顺口了。

温乔一时失笑,但是听了他的话,心里又很暖,她又揉了揉他的小脑袋,然后就去洗漱了。

三人围在一起吃早饭。

温乔问:"那平安什么时候回来?"

宋时遇说道:"等我下班。今天晚上我们一起去外面吃晚饭吧,我来接你,我们还没一起吃过饭呢。"

温乔吃了个小馄饨,喝了口汤,说道:"现在不就已经在一起吃饭了吗?"

宋时遇看她一眼:"这不一样。"

平安自然是没有什么意见的,他只管跟着去吃就是了。

吃完了早饭,他们"一家三口"就收拾好出门了,平安人小步子大,背着书包走在前面,而走在后面的宋时遇十分自然地牵住了身边温乔的手,三个人构成了一幅父母送小孩上学的温馨画面。

✳

宋时遇开车把温乔送到店门口,温乔下车后,平安从后座换到了副驾驶。

第28章 爱屋及乌

温乔临走前对平安叮嘱了几句:"你要是在那儿待着无聊,就给我打电话,我过来接你。"她这话其实纯属多余,平安是个不会让自己无聊的孩子,不过她不说出来就好像不安心似的。

宋时遇说道:"放心吧,他不会无聊的。"

平安抿着嘴笑。

温乔看了宋时遇一眼,摸摸平安的小脑袋,笑着说道:"那你玩得开心点。"

平安乖巧地点点头:"姐姐再见。"

温乔跟他摆摆手说再见,然后把车门关上。

宋时遇说道:"那我们先走了,晚上见。"

温乔点点头,退开了些,目送着车渐渐开远。

"温乔姐!刚才那是时遇哥吗?"温华不知道从哪里突然冒了出来。

温乔"嗯"了一声,往店里走。

温华追着问:"他带平安去哪儿啊?"

温乔说道:"去他公司……参观。"出口之际,她把"玩"换成了"参观"。

温华笑嘻嘻地问:"温乔姐,你跟时遇哥是不是在一起了?"

温乔也没瞒着他,大大方方地说道:"嗯。在一起了。"

反正宋时遇一天到晚来回回的,想瞒也瞒不住。

温华顿时高兴地一蹦,眼睛直发亮:"真的啊?!"

他是真心为温乔和宋时遇高兴:"可惜咱们店里太忙了,不然应该去外面吃一顿,庆祝一下。"

温乔笑了笑说道:"这顿先记着,等有时间了一定请你吃。"

她开了店门进去。

今天中午只有她、温华和刘超在店里，陈珊珊和周敏都休息。

现在炒菜是温华掌勺，温乔就在边上看着指导，刘超在一边打包。

店里中午的外卖订单越来越多了，刘超送外卖送不过来，她在微信上接单也接不过来，于是干脆在外卖平台上注册了，虽然有抽成，但是温华和刘超不用顶着大太阳出去送外卖，轻松了不少。之前常在微信上点单的那些客人，温乔也都让他们去外卖平台上点单了，价格跟从前是一样的。

现在温华做的事情比以前多得多了，温乔又给他加了一次工资。温华一开始还不接受，毕竟店里包吃，再加上住的地方租金也便宜，他的生活成本其实很低。这才不到半年，温乔已经给他涨过两次工资了，他的工资比在家里当砌墙工的时候高了一倍。而且他刚过来的时候，可以说是什么都不会，是温乔一点一点教会他的，她一点都不藏私，只怕他学不会，光是这手艺就值好多钱，他心里对温乔很感激。他也知道温乔开这家店借了不少钱，现在还欠着债，就更不想要加工资了。

温乔说道："给谁多少工资，我心里都有数，现在店里生意越来越好，离不开你们的努力和辛苦，既然给你涨了工资，你就安安心心地收着。等你能把中午的外卖订单也完全接手了，我就让你当店长，到时候你就可以光明正大地管着店里的其他人了。"

温华不敢置信地看着温乔，还有点蒙："店长？"

温乔笑盈盈地说道："对啊。我打算再招两个人，把店里的外卖这一块也做起来，到时候店里人手多了，当然得有个管事的。"

这家店店面不大，生意再好店里也坐不了太多的人，而且最近频频有客

第28章 爱屋及乌

人问店里送不送外卖。

温华傻傻地问她:"管事的人不是温乔姐你吗?"

温乔笑着说道:"我是老板,你是店长,你管店里其他人,我管你,不冲突。"

温华还有点不自信:"那……我、我行吗?"他从小到大连班干部都没当过,结果现在还没到二十岁就要当店长了?虽然也就管那么几个人,但他还是觉得心虚,心虚中又带着股兴奋和激动的劲儿。

温乔鼓励道:"我已经观察你很久了,你行的,你这么聪明,就算一开始不行,慢慢也能学会的,我相信你。"

就这么一句"我相信你",让温华悄悄红了眼眶,他半天都说不出话来,只在心里默默下定决心,一定要努力把工作干好,才能不辜负温乔对他的厚爱和信任。

✭

温乔中午还抽空面试了三个人,只留下了其中一个叫周梦玲的年轻女孩子,谈好条件和待遇之后,让她今天晚上就来上班。

店里的中饭时间,温乔没有让温华再炒菜,而是点了个炸鸡外卖和他们一起吃。

温华和刘超平时都是在店里吃炒菜,好不容易能吃点别的,都吃得很开心。

温乔点炸鸡外卖纯粹是因为宋时遇和平安中午吃的是炸鸡。只不过宋时遇是带着平安去外面的店里吃的,还专门拍了照片给她,把她都给看馋了。她也不是天生小气的人,现在手里有钱了,也不会再舍不得吃了。因为考虑到温华和刘超饭量大,她特地点的五人套餐,三个人都吃得很饱很满足。

吃完饭,也不用温乔动手,温华和刘超两人干净利落地把店里收拾干净了,就都回去睡午觉了。

温乔回到家,洗了个澡,坐在床上给奶奶打视频电话。

温乔前年把奶奶那台老人机给换成了千元智能机,奶奶一开始很不情愿,觉得自己用不上这么贵的手机,可是温乔教会她看电视剧和短视频后,她就爱上了,现在手机都不怎么离手了,温乔的视频打过来的时候,她很快就接起来了。

视频接通后,奶奶的脸出现在屏幕里,离得很近,脸上挂着笑:"乔乔,怎么打视频过来了,你吃饭了没有啊?"

奶奶因为偏瘫,说话也受了影响,刚开始说得极慢,发音也很古怪,但她自己不介意,尽量训练自己多说话,现在越说越流利了。

温乔看到奶奶,脸上也带上了笑容:"奶奶,我吃了,你吃了吗?"

奶奶笑眯眯地说道:"吃了,吃了,我今天在你宋奶奶家吃的饭,她在市场上买了一个大甲鱼炖了,叫我过去吃的。"

温乔笑着问:"大伯呢?"

奶奶说道:"你大伯睡觉还没起呢,他昨天晚上偷偷拿我的手机看动画片,看到今天早上都没睡,我把他骂了一顿,他哭着哭着就睡着了。"

温乔听得好笑:"什么动画片那么好看啊?"

大伯完全就是个孩子,平时凶他两句,他就要委屈掉眼泪的。

第 29 章
"奶奶，我谈恋爱了。"

奶奶说道："我哪里知道他看的是什么动画片，看得那个眼睛都肿得跟核桃似的，眼珠子也红得跟兔子似的。每天就守着那个电视看，最近还学会偷我的手机去看了，那一点小聪明就用在这上面了，用手机也没人教他，他自己就会了，一天到晚地不是看电视就是看手机，眼睛都要看坏掉了。"

温乔心想，他们家里人都有遗传的好视力，奶奶这么大年纪了，眼睛也只比年轻的时候稍微差了点，一点老花眼都没有，大伯都是四十多岁快五十岁的人了，视力还是很不错，她自己的视力也很好。

大伯爱看什么，就叫他看呗，反正也不指望他做什么，他开心就好了。

但是奶奶在这上面和她看法不一样。温乔多半是顺着奶奶的，所以当下只说道："适当看看还是可以的，熬夜可不行，对身体不好。等他醒了，你跟他说，我也批评他了。"

奶奶果然开怀地笑了："是，他就只听你的话，不过你晚点自己跟他说吧，他现在鬼灵精的，要是我跟他说，他还说我骗他。"

温乔也忍不住笑了："奶奶你身体怎么样啊？"

奶奶说道："不用担心我，我好得很，你听我现在说话是不是也好多了？

每天晚上吃完饭我还跟你大伯去外面散步,腿脚也利落多了。你自己在外面要多照顾身体,别老记挂家里。平安呢?不是放暑假了吗?怎么不在家里?"

说起平安,温乔就想到宋时遇,在视频里也不好跟奶奶说,只含糊说道:"他在朋友那儿玩。"

奶奶点了点头,然后说道:"平安性格孤僻内向,不合群,你要让他学得活泼开朗些,多交点朋友。"

温乔心想,性格是天生的,叫一个内敛安静的人学着活泼开朗,是很困难的。不过自从上次去滑过雪之后,平安似乎开朗了些,没有以前那么安静了,笑容和话都多了,但要他多交朋友,也是难为他,贺灿可是锲而不舍地焐了好久才把平安焐热的。

温乔对奶奶说道:"平安在这里交了个好朋友,两个人关系处得很好,平安也开朗了点。"

奶奶脸上又有了笑容:"那就好,我总担心他太孤僻。"说完又关切地看着视频里的温乔问,"你自己呢?昨天温华他妈还送了一篮子菜和鸡蛋来,提起温华和家里打电话说现在店里生意很好。你自己也要多注意身体,别太累了,该休息的时候就休息,钱可以慢慢挣。"

温乔温声说道:"我的身体有多好奶奶你又不是不知道,而且我现在给店里多招了几个人,我也闲下来了,还准备这一阵子带平安回老家玩几天呢。"

奶奶高兴起来,脸都往手机上贴了过来:"真的?哪天啊?你大伯想你想得不得了,前几天还问你怎么还不回来呢。过年你表姑给的腊肉我还留着呢,烟熏的,肥瘦也正好,是你最喜欢吃的,等你回来吃。"

温乔笑着说道:"应该就是下个星期,我确定好了时间跟你说。"

奶奶喜笑颜开地点头，她心里是最记挂最心疼温乔这个孙女的，温乔上次回来还是去年九月份，这都有将近一年没见面了，当然想得紧，她又说道："对了，珊珊在你那儿没给你惹事吧？"

温乔不忍叫奶奶担心，只说道："挺好的，奶奶你别担心。"

奶奶却知道温乔肯定是报喜不报忧的，叹了口气，说道："你表姑是个再好不过的人，对我们家也一向照顾，就这么一个女儿，宠得不像样子。珊珊要是太过分，你也不用忍着她，该管的要管。实在管不了，就告诉你表姑，不用替她瞒着扛着。"

温乔答应了一声，说自己心里有数。

奶奶顿了顿，又想起一件事来，说道："我听温华他妈说，你跟时遇联系上了？"

温乔没想到奶奶突然提起宋时遇，但也还算淡定："嗯，他公司离我的店不远，无意间遇到了。"

奶奶说道："你们俩那时候最要好了，偏偏你这几年都没回家过年，他每年回来也遇不到你，现在能重新联系上倒是好。他现在找了女朋友没有啊？"

温乔听奶奶这么问，就知道温华肯定没跟他妈说太多，所以也只含糊地说道："啊，这个我也不大清楚，应该还没找吧。"

奶奶说道："时遇这么优秀，怎么这么多年了还没找，你说，他会不会是对你有那个意思啊？"

温乔吓了一跳："啊？奶奶你怎么会这么想。"

奶奶说道："不是我的想法，这是你宋奶奶说的。时遇从你宋奶奶家走了以后，你宋奶奶也一直把房间给他留着，没让人动过的。她说，时遇每年回来，都会在书桌前坐好久，也不说话，去年过年的时候，她看到时遇一直在看卷子，等他走了过去一看，才发现时遇一抽屉的卷子，都是你的。你宋奶奶就嘀咕上了。"

温乔在电话这头愣了愣，她记得她在宋时遇那间房间里做过不知道多少张卷子，那些卷子她做了就做了，后来去了哪儿她自然也没在意，没想到宋时遇居然一直收着。

温乔忍不住试探奶奶的口风，带着点玩笑的语气："奶奶，你觉得呢？宋时遇会不会喜欢我啊？"

奶奶笑了："这又不是演电视剧，他要真喜欢你，还会等这么多年？不早就联系你追你了？时遇是好，但是他家庭条件那么好，人又那么优秀，哪里是我们这种家庭能攀得上的。"

温乔问："那要是他真的喜欢我呢？"

奶奶半点没怀疑，只当温乔是在开玩笑，笑呵呵地说道："那我可得去拜拜祖先，谢谢他们保佑了。"她说着，又把话题转了回来，"乔乔，你看你现在生意也做起来了，是时候该考虑考虑自己的终身大事了。咱们不一定要找多好的，多有钱的，只要他愿意照顾你，不嫌弃咱们这个上有老下有小的家庭就好，当然，最要紧的是你自己喜欢。"

温乔沉默了一瞬，忽然说道："奶奶，我谈恋爱了。"

奶奶愣了愣，紧张起来："啊？你谈恋爱了？什么时候的事啊？温华怎么没说呢？"

温乔眨巴眨巴眼，说道："就是最近才谈的，温华也不知道。"

奶奶却不见得有多高兴，喜忧参半地问道："他是做什么的？多大了？你们怎么认识的？他知道我们家里的情况吗？"

温乔笑着说道："我们家的情况他都知道。至于别的，等你见了他再问吧，这次我打算和他一起回来见你。"

"你们这才谈多久啊，他就愿意跟着你回来？"奶奶有些疑惑，随即又说道，"带回来也好，带回来奶奶给你把把关。"

温乔嘴角笑意加深："奶奶你肯定会喜欢他的。"

奶奶嗔怪道："你跟他才谈多久，就这么喜欢了？别是那种专门骗女人的小白脸。"

温乔想到宋时遇那张脸，说是小白脸都谦虚了，他要是愿意，不知道有多少女人心甘情愿地为他花钱呢。

温乔怕老人家担心，说道："奶奶，过几天我们回家，你看到人就知道了。你放心，奶奶你要是不点头，我立刻就跟他分了。"

奶奶这才放心了："那你带回来，我给你好好看看。"

温乔点点头，又说道："奶奶你先别告诉大伯我要回去，不然他天天眼巴巴地盼着。"

奶奶笑着说道："你放心吧，我不会跟他说的，我还怕他来烦我呢。"

温乔和奶奶又说了好半天的话才挂掉视频，到时候见到宋时遇，不知道奶奶会是个什么样的反应，想想她就觉得好笑，不禁心情大好，安安稳稳地睡了个甜美的午觉。

一觉醒来，见时间还早，温乔爬起来开始记账。凌晨回来看她又困又累，洗漱完就上床了，还没有记昨天的账。

记完最后一笔，她又算了总账，却发现有几笔账好像有点对不上。昨天晚上在店里的时候，有一桌她印象特别深刻，她走的时候那一桌还没走，是七八个年轻男女，点的东西很多，她粗略扫了一眼，少说也有六七百，温华还特地跟她说了那是桌大客户，可是她对过所有的收款记录，昨晚钱数最多的一单只有五百多。

温乔皱了皱眉，店里买单的事一直是陈珊珊和周敏负责，客人买单都是在外面，用的是自己的微信收款码。她心里有了怀疑，就给温华发了条微信，问他昨晚上那张桌大概点了多少钱的单。

温华居然没有睡觉，很快就回过来："应该有八百多吧，他们那桌后来还来了几个朋友，又加了点东西，光是啤酒就喝了两箱，吃到好晚才走。"

温乔又问："你还记得他们大概是几点走的吗？"

温华回复："记得，他们吃到两点多才走的。"

温乔问："那你记得他们是什么时候买的单吗？"

温华回："吃完才买的单。"

温华很敏感，立刻又发了一条，问道："怎么了温乔姐？是不是账对不上？"

温乔回复道："嗯，是有点对不上，我再对一遍。这件事你自己知道就行，先别和别人说。"

然后她立刻翻出昨晚的收款记录，找到凌晨两点左右的单子，再次确认，那单五百多的收款，是在凌晨一点零几分，而两点左右的收款，都是一两百、两三百的小单子，并没有超过五百的，更别说八百多的大单子了。

温乔顿时皱起眉。

✴

宋时遇带了一个小孩来上班的事情很快就传遍了整个公司，让原本枯燥

第29章 "奶奶,我谈恋爱了。"

无聊的星期一一下子沸腾起来。

今天的茶水间罕见的热闹。

"哎,你们看见宋总带来的那个小孩了吗?天啦,长得巨好看!"

"我没看见,但我听小悦说了!那是宋总什么人啊?"

"你们说,那小男孩不会是宋总的私生子吧?我觉得那个小男孩的气质跟宋总的特别像,都是那种高冷的感觉。"

"就算不是私生子,也肯定有血缘关系。"

讨论得正热烈的时候,周秘书进来了,立刻成了目光焦点。

马上就有人开始打探消息:"周秘书,宋总带来的那个小孩是什么人啊?"

周秘书语焉不详:"亲戚。"

他迅速倒了一杯冰橙汁就出去了,并不给其他人从他嘴里挖八卦的机会。

两分钟后,他敲开宋时遇办公室的门,把橙汁送了进去。

那个处于热议中的漂亮小男孩正规规矩矩地坐在沙发上,从书包里拿出书和卷子来。

宋时遇说道:"我先过去处理工作上的事情,等结束了就带你四处参观一下。"

小男孩十分乖巧地点了点头。

周秘书弯腰把橙汁放在平安手边。

平安抬头看他,说道:"谢谢大哥哥。"

宋时遇说道:"周秘书,这是温乔的弟弟,叫平安。平安,这是周秘书。"

周秘书微笑了一下,发现平安的确和温乔有几分说不上来的相似。

平安说道:"秘书哥哥好。"

周秘书说道:"你好。"

宋时遇又把周秘书叫到一旁交代:"你去楼下帮我买点吃的上来,小朋友爱吃的薯条、鸡翅什么的。"

周秘书接到指令就出去了,过了半个多小时,打包了一份芝士薯条、烤鸡翅和洋葱圈上来。

平安下意识地说道:"我不饿,我吃过早饭了。"

周秘书把东西都拿出来摆在一旁:"是给你吃着玩的。"

平安看了那边办公桌后的宋时遇一眼,然后对周秘书说道:"谢谢。"

周秘书微微笑了一下,起身出去。关上门的瞬间,他听到里面传来一道声音:"姐夫,你要吃一点吗?"

周秘书略有些诧异。

✷

宋时遇带平安在公司各处参观的时候,遇见了贺澄。

平安有点惊讶:"贺澄哥哥。"

贺澄也很是意外:"平安。"

周围的同事立刻都看了过来。

贺澄又看向平安身边的人,心情有些复杂:"宋总。"

宋时遇还牵着平安的手,俨然一副家长的姿态,淡淡一点头后"嗯"了一声。

平安忍不住问:"贺澄哥哥,你在这里工作吗?"

贺澄笑了笑说道:"对啊。你怎么会在这里的?"

平安嘴角抿出一个笑,抬起头看了看宋时遇,说道:"姐夫带我来玩的。"

第29章 "奶奶,我谈恋爱了。"

宋时遇的嘴角勾起一个轻浅的笑意。

姐夫?不仅是贺澄脸上的笑容滞了滞,周围听到这句话的同事们也都惊了。

他们刚才在群里聊天,都在猜平安是宋总的什么亲戚,但是谁都没有猜到,他居然是宋总的小舅子!

虽然已经知道温乔和宋时遇在一起了,但是没想到平安居然都已经改口叫姐夫了,贺澄心里还是有点接受不了,他勉强笑了笑,说道:"那你玩得开心,哥哥先去工作了。"

平安丝毫不知道贺澄的情绪变化:"贺澄哥哥再见。"

贺澄又勉强勾了勾嘴角,对宋时遇一点头就离开了。

宋时遇也牵着平安去下一个"景点"了。

而此时公司同事私下建的群里却因为平安的一句"姐夫"炸开了锅。

"那个小孩叫宋总姐夫!!!"

"宋总居然悄无声息地就有女朋友了。"

"你怎么知道是女朋友,万一是老婆呢?毕竟都叫姐夫了。"

"我失恋了。"

"宋总结婚就算不邀请我们,怎么也该发喜糖吧。"

"那个小男孩长得好漂亮,他姐姐肯定也是个大美女。"

"宋总跟小舅子说话的时候好温柔。好羡慕啊。"

"我酸了。"

"难怪宋总最近早上总是迟到,原来是谈恋爱了。"

✶

温乔晚上吃饭的时候一直想着对账的事,有点心不在焉,被宋时遇看出来了。

平安自己去上厕所之后，宋时遇才问她："出什么事了？"

温乔也没想瞒着他，两个人在一起本来就是什么事都可以说的，于是她就把她今天下午发现的事情跟宋时遇说了一遍。包括温华告诉她的，当时那单是陈珊珊买的，如果出了差错，那就只有可能出在陈珊珊身上。

宋时遇问："那你打算怎么处理？"

温乔说道："老实说，我还真希望是她做的。"

宋时遇有些诧异："怎么说？"

温乔就把陈珊珊的来历和陈珊珊平时在店里做事的情况都说了，然后总结道："所以如果这件事情真是她干的，我反而有理由辞退她了。"

宋时遇听温乔说完，却有些不赞同："你对她太好了。这件事不管是不是她干的，只要她达不到你的用人标准，你都可以辞退她，而且你给她的时间已经足够多了。至于表姑那里，你先把情况都给她说清楚，这次回去，特地去看望一下她，再封个大点的红包感谢她就是了。"

温乔听完这番话，顿时有种豁然开朗的感觉，她从没想过后面这一层，于是十分受教地说道："那我这次回去之前就跟陈珊珊说明白。"

宋时遇说道："她恐怕也不是第一次做这种事了，她贪下的那些钱你准备怎么办？"

温乔犹豫着说道："我还没想好。"大概是这阵子生意特别好，所以营业额多了很多，她记账的时候也没发现少了钱，要不是因为这笔单子她刚好去店里看见了，再加上金额也比较大，估计可能也会被她忽略过去。说起来，陈珊珊也实在太贪心了些。

宋时遇说道:"她贪下的金额恐怕不少,我不建议你吃下这个闷亏,因为这种人是不会因为你不追究就内疚感恩、洗心革面的,倒不如把这笔追回来的钱给表姑买礼物、封红包,表姑还会领你的情。"

温乔点点头,觉得宋时遇在这方面倒是比她厉害,干脆什么步骤都问清楚了:"那万一她不承认怎么办?"

"一边吃一边说。"宋时遇说着往她碗里夹了块排骨,"她不承认,就查她的收款记录,如果她不让你查,你就跟她说让警察来处理。"

温乔刚把排骨塞进嘴里,闻言"啊"了一声,又问道:"那万一她还是不让呢?也不能真的报警吧?"总归还要顾忌着表姑那一层的。

宋时遇给自己倒了杯茶,喝了一口才淡定地说道:"放心吧,如果真是她做的,她不会让你报警的,如果不是她做的,那你报警更好。"

温乔想想也是。

宋时遇忽然问道:"店里有监控吗?"

温乔说道:"没有,我想装的,就是一直没来得及。"其实是一直拖着,拖到后面就忘了。

宋时遇说道:"你店里怎么要什么没什么,监控没有,收银台也没有,那就干脆趁着这个机会,把监控和收银台都装上。"

温乔说道:"就是一直在忙,没来得及弄。我明天就联系人来装。"

收银台的地方其实已经空出来了,只是后来发现直接用收款码也是一样的,而且还省了那么一小块地方,没想到店里就这么几个人,还会出这种事,现在可不敢再图省事了。

这时平安回来了,温乔也就打住了这个话题。

"平安,你今天都干什么了?"温乔问道。

平安事无巨细地说道:"姐夫带我在公司参观,公司里的哥哥姐姐们给了我很多零食,我吃了很好吃的薯条,还有鸡翅,我还在姐夫的公司见到了贺澄哥哥。中午姐夫带我去吃了炸鸡,还吃了冰激凌,也很好吃。我还做了一张卷子,看了一会儿书。"

温乔笑着问道:"那今天好玩吗?"

平安点点头,真心实意地说道:"好玩。"

他第一次去那种高楼,里面的一切对他来说都好新奇,他原先只在电视里见过。姐夫的办公室比他跟姐姐住的房子还要大,从落地窗边看下去,一切都很小很小,他腿都有点发软。他还吃了很多很多好吃的,都是以前从来没有吃过或者是很少吃到的东西,感觉像是做梦一样。

宋时遇对这个答案很满意,问道:"明天还去吗?"

温乔立刻说道:"每天都去会影响你工作吧?"

宋时遇说道:"不会,平安很听话。"

温乔说道:"那也不大好吧,你们公司的员工见你天天带着个小孩去上班,影响恐怕不好。"

宋时遇淡定地说道:"我是老板。"

温乔:"……"

宋时遇问平安:"平安,你明天还想去吗?"

平安看看温乔,显然是还想去,但是他更在意姐姐想不想他去。

温乔有些无奈地说道:"你想去就去吧,反正过几天我们就回老家了。"

平安抿着嘴笑了。

第 30 章
见 家 长

晚上,温乔把平安交给了宋时遇,然后自己去了店里。

今天是星期一,不到八点,店里坐了五桌,下午面试的那个女孩子也过来上班了,这会儿还是清闲的状态。

温乔倒是没有一去店里就发作,而是默默地观察起来。平时没有留意,现在才发现陈珊珊似乎更精致了,身上穿的衣服都是以前没见过的新衣服,还用了新手机。

"珊珊,你换新手机了吗?"温乔状似无意地问道。

陈珊珊愣了愣,眼神也跟着不自然地躲闪了一下:"是啊,之前那个手机摔坏了,就换了个新的。"

温乔点点头。

陈珊珊忽然又补了句:"我是分期买的。"

温乔也只是微微笑了笑,没说什么。

等到温乔把温华叫到后面去的时候,陈珊珊才有点慌了,收桌子的时候她问周敏:"温乔姐有没有跟你说什么?"

周敏疑惑地看着她:"没有啊,怎么了吗?"

陈珊珊嘴里说着"没事",手上的动作却很慢,不安地往后面看了一眼。

"温乔姐,你的账查清楚了吗?是不是真的少钱了?"

温乔把温华叫到后面来,就是想问这件事,谁知道她还没开口,温华就先说话了。

"嗯。"温乔说道,"你确定那天晚上那一单是珊珊去买的单吗?"

温华肯定地说道:"我确定,我亲眼看见的,而且还是陈珊珊主动去的,因为那一单吃得特别多,所以我一直注意着,怕他们逃单嘛。对了,陈珊珊最近花钱也大手大脚的,每天都穿新衣服,她今天穿的那双新鞋就要两千多,还换了苹果最新款的手机,好像一下子变得有钱了。她平时做事偷懒,可是只要有客人喊买单,她比谁都积极。"温华巴不得陈珊珊走,就把自己平时观察到的都跟温乔说了。

温乔点点头:"好,我知道了,你去前面吧。"

温华却没走,反而隐隐有点期待地问道:"温乔姐,要是这次查清楚是她贪了店里的钱,是不是就会开除她了?"

温乔说道:"等我查清楚再说,你把嘴巴闭起来,别乱说话。"

温华立刻做了个给嘴巴上拉链的手势,然后说道:"那我做事去了。"

温乔微微点头,等他走到门口了,又说道:"帮我把周敏叫过来。"

温华回去后,走到周敏旁边,喊她去后面:"温乔姐找你。"

周敏问:"什么事啊?"

陈珊珊也立刻看了过来。

温华正留意着她呢,见她这么关注,更觉得她是做贼心虚,他瞥了她一眼,然后对周敏说道:"你去就知道了。"

第30章 见家长

周敏去后面之后,陈珊珊越发不安了,走过来问温华:"刚刚温乔姐叫你去后面说什么了?"

温华想到温乔交代他的话,只含糊地说道:"就问了一下店里的情况。"然后就走开了。

陈珊珊忽然有种不祥的预感。

周敏被叫到后面,也有点紧张:"温乔姐,你找我啊。"

温乔温和地说道:"你别紧张,我就是问问你最近怎么样。店里最近很忙,你还吃得消吧?"

周敏听温乔只是问这些,果然松了口气,说道:"吃得消的。"

温乔笑了笑,说道:"那就好。对了,昨天晚上有一桌大单,就是从晚上十点多吃到凌晨两点的那桌,你还记得吗?"

周敏想也不想地点了点头,说道:"记得的,怎么了温乔姐?"

温乔见她神情坦然,心里就更有底了:"你还记得昨天晚上这张单子是你还是珊珊收的钱吗?"

周敏说道:"是珊珊收的钱。"说完她后知后觉好像有点不对,"是不是有什么事情啊,温乔姐?"

温乔说道:"没事,你帮我叫珊珊过来吧。"

周敏糊里糊涂地走了,过去叫陈珊珊的时候,陈珊珊一个激灵,紧张地问她:"温乔姐跟你说什么了吗?"

看陈珊珊这么紧张,结合温乔刚才的问话,周敏品出了点什么,下意识地说道:"没说什么,你过去吧。"

陈珊珊冷汗都出来了,捏了捏拳头,心想,如果真的是被发现了,只要她不承认，温乔也没有证据……

她脑子里胡思乱想着，到了后面，就看到温乔正站在那里，静静地看着她，脸上没什么表情。

"温乔姐……"陈珊珊忐忑不安地走过去。

温乔神色平静："珊珊，你知道我叫你来是干什么吗？"

陈珊珊停顿了一秒，犹豫着摇摇头："不知道……"

温乔没有跟她绕弯子，直截了当地说道："昨天晚上有桌客人吃到凌晨两点左右买的单，是你收的钱，但是我对账的时候发现我没有收到这笔钱。"

陈珊珊脸色顿时一白，但还是僵硬着说道："我不知道……我忘了是不是我收的钱了，温乔姐你怎么知道是我负责的？也有可能是周敏啊……"

温乔见她毫无坦白之心，也不给她留余地了："好，那我把周敏叫过来。"说着就准备去叫。

陈珊珊立刻叫住她："温乔姐！"

温乔停下脚步，看着她。

陈珊珊咬了咬唇，表情混杂着羞愧和心虚："温乔姐，我也不是故意的……我借了网贷，还不出来，就从店里拿了一些钱……"

温乔见她承认，心里倒是松了口气，但脸上还是平静："拿了多少？"

陈珊珊犹豫了一下，说道："就几千……温乔姐，你别告诉我妈行吗？这些钱我会还给你的，我以后再也不会这么做了，我也是走投无路了。"

温乔说道："珊珊，今天做这件事情的人如果是别人，我已经报警了。我对你怎么样你应该也很清楚，这都是看在表姑的面子上。你平时做事懒散我都尽力包容了，但是这件事情，已经触犯到我的底线了。"

第 30 章　见家长

陈珊珊着急了:"温乔姐,算我求你,这件事你别跟我妈说……"

温乔冷静地说道:"你放心,我不会告诉表姑这件事情,我会跟表姑说,是你自己不想做了。至于钱的事,就当是你借我的。"

陈珊珊欲言又止,又发现什么话都被温乔说了,她只能盯着温乔,眼神里带着几分委屈和哀怨,她甚至怀疑温乔早就在等着这一天了。

温乔也没有再给她说话的机会,直接下了定论道:"好了,你好好做完今天晚上,然后回去自己算一下拿了多少钱,把明细交给我核实一下,明天就不用来上班了。我知道你手里没有钱,这个月的工资我还是会结给你,至于那笔钱,你半年以内还给我就行了。"

温乔说的这些话挑不出什么错来,陈珊珊无话可说,只能干巴巴地说了声"好"。

温乔点点头,淡淡地说道:"好了,回去做事吧。"

陈珊珊回去前又想起了什么,犹犹豫豫地说道:"温乔姐,这件事你能别告诉店里的其他人吗?"

温乔答应了:"嗯,我会告诉他们是你跟我提的辞职。"

陈珊珊勉强道了声谢,回去了。

温乔解决掉这个大难题,顿时松了口气,就在这时,宋时遇的微信也踩着点到了。

"事情解决了吗?"

温乔忍不住嘴角微扬,心想宋时遇莫非能掐会算,怎么时机选得这么准,她回道:"嗯,顺利解决了。"

"你跟平安在干什么呢?"

宋时遇："在想你。"

温乔："……"

✦

第二天下午，店里的监控和收银台就都装好了。

温华向温乔问起关于陈珊珊的事，温乔让温华别多嘴，只当陈珊珊是正常辞职。

"过几天我要回老家一趟，店里就交给你了。"温乔说道，"如果有人来面试，就由你全权负责，店里再招两个人吧，一个男孩一个女孩，男孩让刘超先带着，女孩就让周敏带着，你应该也知道我们店里的用人标准了，给三天试用期，你觉得可以了就留下。"

虽然温华早就知道温乔准备要提自己当店长，已经有了一点心理准备，但突然这么快就被委以重任了，受宠若惊之余又有点担心："姐你去几天啊？我怕我干不好。"

温乔说道："十天半个月吧。你可以的，这些天我很少在店里，你不也做得很好吗？有什么你处理不了的问题，随时给我打电话就行了。"

温华却惊讶地问："要去那么久啊？"

温乔说道："我几年没在家里过年了，平时回去也待不了几天，现在你能接手了，我当然要在家里多陪陪奶奶和大伯。"

温华也知道温乔这些年在外面奔波，极少回老家，所以连连点头："那也是应该的。"顿了顿，他忽然问，"时遇哥跟不跟你一起回去啊？"

温乔颇有些不自在："嗯。"

温华惊叹道："哇！这么快就见家长了？是不是很快就要结婚了？"

第30章 见家长

温乔咳了声，又把话题拉回来："总之我不在的这段时间，这家店就交给你了，食材之类的也都要严格按照我定的标准来。"

温华重重点头："我知道的。"

温乔对温华还是放心的，知道他不是那种为了小利就昏头的人。

温乔这天交代完，临走前一天又细细交代了他许多，上了高铁，心里还记挂着。

"别想了。"坐在最外侧位置的宋时遇从随身包里翻出一个给温乔准备的眼罩递给她，"昨天晚上不是没睡好吗？睡一会儿吧，到了我叫你。"

✦

温乔昨天晚上确实没睡好，一会儿想她要离开这么久，店里会不会出什么问题，一会儿又想带着宋时遇见奶奶和大伯，告诉他们自己在跟宋时遇谈恋爱，不知道他们会有什么反应。总之脑子里充斥着各种念头，一直熬到凌晨三点多才睡着，今天早上八点多就又醒了。按理来说她应该很困，但她现在却精神得很，就算戴上眼罩闭着眼睛，脑子也很活跃，根本睡不着。

"我睡不着。"温乔一边说着，一边要把眼罩拉下来。

刚拉下来一点，就被宋时遇又拽了回去："睡不着也闭目养神。再坐过来一点。"

温乔只好老老实实地戴着眼罩，往他身边挪了挪，刚坐稳，就被宋时遇揽过去，让她的脑袋靠在了他的肩上，又抓着她的手抱住了他的胳膊："这样睡舒服点。"

温乔："……"

此时坐在他们对面的年轻情侣目睹了这一幕，女孩脸上露出羡慕的表情，然后嗔怪地轻轻拧了一下男孩腰间的软肉。

温乔也没再动,抱着宋时遇的手臂,枕在他肩上,居然真的慢慢睡着了。

在车上睡觉总是不会特别安稳,半睡半醒间偶尔能听到平安和宋时遇小声交流的声音,还会闻到车厢里不知道从哪里飘来的泡面香味。

就这么断断续续地睡着,到站时,她面颊都压出了一片红印。

宋时遇和平安默契地制止温乔拿行李,一大一小分担了所有行李。宋时遇一只手拖着大行李箱,另一只手特地用来牵温乔的手。

温乔一只手被宋时遇牵着,另一只手上什么东西都没有,只在肩上背着她自己的帆布包。她看看自己的两边,一边是拖着大行李箱的宋时遇,一边是推着小箱子的平安,有些不习惯。

以前平安太小,她带平安回老家时,都是一只手大包小包,另一只手牵着平安,现在突然出现了一个帮她把所有行李都拿走、让她空手走路的人,还真是不适应。

但她又不得不承认,这种感觉挺好的,不管是自己不需要拿行李,也不用时时担心平安离开自己左右会不见的安心感,还是周围的路人惊讶艳羡的眼神,都让她很是受用。那些一开始让她觉得局促紧张的目光,久了以后,她也开始学会享受了。

高铁站离温乔家汽车车程二十多分钟,外面有很多拉客的私家车,温乔正想租一辆回去,没想到他们刚一出站,就有人过来给宋时遇送上了车钥匙。

"您好,请问您是宋总吧?这是周秘书让我送来的车。"男人说着指向那

第 30 章 见家长

边停着的一辆银灰色宝马。

宋时遇接过钥匙,道了声"辛苦"。

男人忙说道:"不辛苦,我帮您把行李搬上去。周秘书交代买的东西我也已经都买好放在后备厢了。"说着拉过宋时遇和平安的行李箱,搬上了车后备厢,又殷勤地问道,"您需要我开车吗?"

宋时遇说道:"不用了。谢谢。"

"那您慢走,一路顺风。"男人说着,又对温乔点头笑笑。

宋时遇拉开副驾驶座门:"走吧。"

温乔礼貌地对男人笑了笑,然后坐进了车里。

"周秘书安排得可真周到。"温乔坐在车里,看着在车子后视镜里逐渐远去的那个男人,不免感叹道。

宋时遇开着车,听到这句话瞥她一眼,幽幽地说道:"是我让他安排的。"

温乔于是又笑着扭头夸他:"你想得可真周到。"

宋时遇满意地勾了勾嘴角。

温乔拿起手机给奶奶发了条信息,告诉她自己已经坐车回来了,大概二十分钟后到家。

奶奶发来语音信息,声音带笑:"快回来吧,饭菜都快好了,就等着你们回来吃了。"

温乔回道:"好。"

温乔是想请个人照顾奶奶和大伯的,但是奶奶坚决不愿意花这个钱,无论是做饭,还是养鸡鸭,都是奶奶在边上下指令,大伯照着做。奶奶从大伯小的时候就锻炼他的自理能力,刚开始不见成效,但是久而久之,习惯成了自然，就算奶奶不在边上，他也能自己做点简单的饭菜，所以奶奶生病以后，他的这种能力倒是派上了大用场。而且平时也就他们两个人，随便做点吃的就行了，有时候宋奶奶也会叫他们过去吃饭。

就是不知道这次奶奶会让大伯做点什么吃。

宋时遇也问："家里谁做饭？"

温乔说道："大伯做。"

听到"大伯"两个字，后座的平安抬起头来。

温乔笑着说道："你别看大伯平时跟个小孩子一样，但是他做菜还挺好吃的，而且他现在会的菜越来越多了，今天你可以尝尝。"

宋时遇忽然看了看温乔，她在说这些的时候脸上那种带着一点点骄傲和自豪的小表情，让他心里微微一动。

她总会在细微之处忽然发光。

她无条件地爱着她的家人，甚至以他们为傲，哪怕他们在外人眼里是残缺的、不光彩的，她也毫不在意，她赤诚又热烈地爱着他们，而且并不吝啬表达这份爱。

后座的平安看着窗外，听着温乔的话，也微微扬起了嘴角。

二十分钟后，车子先停在了宋奶奶家，因为要回温乔家，这里是必经之地，所以按照先后顺序，宋时遇和温乔决定先拜访宋奶奶。但是没想到宋奶奶家大门紧闭，她并不在家。

车再往前开，停在坪上，宋时遇下了车去开后备厢，温乔跟过去一看，发现后备厢里除了行李箱，还有好多华丽精致的礼品袋，应该就是之前那个男人说的周秘书让他买的东西。

第30章 见家长

"你怎么让人买这么多啊。"温乔说道。

"第一次见家长,总要带点见面礼。"宋时遇说道。

"那也太多了。"温乔说道。

"行李等一下再来拿,先拿这些吧。"宋时遇说着把那些礼品袋都拎了出来,左右手各拎了几袋,拎出了拜年的气势。

他们正准备走,"乔乔!"一道语气如孩子般欢快的声音响了起来,只见一个模样俊秀的男人从堂屋里往这边跑了过来。

"乔乔!乔乔!"他跑过来一把抱住温乔,直把她抱得双脚离地,俊秀的脸上带着一种孩子般的天真无邪,激动又开心地大叫着。

每年回来都要来这么一遭,温乔也习惯了,在大伯把自己抱起来的时候她及时抱住了他的脖子免得被颠,脸上也不禁露出灿烂的笑来:"好了好了,快把我放下来。"

大伯高兴地把温乔放下来,这才看到旁边的宋时遇,顿时惊喜道:"小时遇!你也回来了!"

温乔脸上的表情顿时古怪起来。她以前听大伯叫"小时遇",并不觉得有什么,宋时遇那时候是个十七八岁的少年,叫起来并不违和,但现在他都是快三十岁的人了,大伯还一口一个小时遇叫着,就有点好笑了。

不想宋时遇对这个昵称却像是习以为常,他面不改色地一笑,说道:"大伯,好久不见了。"

都打完招呼,大伯最后才看向平安,刚才的高兴劲顿时收了收,热情大方也都不见了,反倒是有些腼腆局促,还带着几分小心翼翼:"平安,你回来啦。"

平安一张肖似他的小脸上一片平淡："爸。"

大伯得了这一声"爸"，就已经很高兴了，那双天真澄澈的黑眼睛亮晶晶的，抿着嘴直笑，又讨好地去取他背上的书包："平安，我、我帮你拿书包！"

平安下意识想要拒绝，看了温乔一眼，又打住了，任由大伯从背上把书包取下来拎在手里。

大伯拎着平安的书包很开心，眼睛里都是雀跃的亮光。

"好了大伯，先让我们进屋吧。"温乔笑着说道。

大伯又兴奋起来，拎着平安的书包走在前面，说道："进屋！进屋！妈等着，好多好菜！"

奶奶听到外面的动静，也立刻跟宋奶奶说道："肯定是乔乔回来了！走，跟我去看看，她说要带个男朋友回来的，我倒要看看是不是真的。"说着就在宋奶奶的搀扶下走到了大门口，看到温乔，奶奶脸上先是露出一个笑，紧接着就迫不及待地去看她身边的男人——这一看，顿时吓了一跳。

"那、那不是时遇吗？"

宋奶奶也吓了一跳："是啊，是时遇，哎，他也没跟我说要回来啊……怎么还是跟乔乔一起回来的？"

俩老太太站在大门口看着那边和温乔并肩走在一起、手里还拎着大包小包的宋时遇，一时间都没反应过来。

奶奶还下意识地往温乔他们后面瞅，想看看温乔的男朋友是不是在后面跟着呢。然而后面什么都没有，她忍不住嘀咕道："这乔乔，又骗我。"

宋奶奶却是猛地醒过神来了："乔乔说的男朋友该不会就是时遇吧？"

第 31 章
求婚

"你看时遇手里大包小包的,乔乔手里什么都没拎,这不像是男方来见家长吗?"宋奶奶说道。

奶奶听宋奶奶这么一说,也觉得像那么一回事了,但还是不大敢相信:"不会吧……我前几天还跟乔乔打了电话,她一点口风都没露啊……"话音未落,她忽然想起那天温乔在电话里说:"要是他真的喜欢我呢?"她还以为温乔是在开玩笑,难不成是真的?

俩老太太惊疑不定间,温乔已经先跑着过来了:"奶奶!"又笑着跟宋奶奶打招呼,"宋奶奶。"

此时奶奶也顾不上问宋时遇了,先紧紧握住温乔的手,脸上绽开了笑容,后将她细细看了一遍,湿润着眼眶说:"瘦了。"奶奶对温乔这个孙女不仅仅有喜爱,还有心疼和歉疚,在她心里,温乔这个孙女才是她的心肝,是贴心贴肉的宝贝。

温乔把平安拉过来:"奶奶,你看看平安,是不是长高了?"

平安乖巧地站在温乔身边,叫了一声:"奶奶。"

奶奶慈爱地上下看了看平安,点点头,笑着说道:"嗯,是长高了点,比上次有精神了。"

这时宋奶奶看着后面的宋时遇,笑着打趣道:"时遇,怎么回来也不跟我说一声?"

宋时遇说道:"想给您一个惊喜,所以没事先告诉您,刚刚我们先去您家看了,您不在家,没想到在这里。"

宋奶奶说道:"这不是乔乔奶奶说乔乔今天要回来,我过来凑凑热闹,谁知道你也回来了。"说着视线在两人脸上溜了一圈,试探着问道,"你们俩这是约好了一起回来,还是?"

温乔的后背顿时一僵,心想,来了来了,不知道宋时遇会怎么回答。

她下意识转头看向宋时遇。

两人对视了一眼,有笑意从他眼底流淌开:"我这次是专程陪乔乔回来看奶奶还有大伯的。"顿了顿,当着两位老人的面,他伸手牵住了温乔的手,微笑着说道,"以乔乔男朋友的身份。"

宋奶奶高兴地拍了一下手:"我就猜到了!"

奶奶却还有点不敢相信:"乔乔,你跟时遇,你们两个真的在谈恋爱?"

温乔有点脸红,点了点头,"嗯"了一声。

宋奶奶乐呵呵地说道:"这还能有假吗!"

显然这消息对奶奶来说冲击力有些太大了,她看了看宋时遇,又看回温乔,嗔怪道:"你怎么都不告诉我一声?"

温乔一脸无辜地说道:"我说了呀,是你不信。"

奶奶想到那通电话,顿时无话可说。

大伯一脸好奇地看着他们,很想加入这个话题:"你们在说什么呀?"

第 31 章 求婚

宋奶奶笑着说道:"好了好了,都别在门口站着了,快进屋吧!饭菜都好了,就等你们来开餐了。咱们边吃饭边聊!"

于是一群人移步进堂屋。

一个系着围裙的中年女人端着一碗菜从厨房出来,笑着招待他们:"饭菜都好了,快来坐吧。"

温乔惊讶地看着她:"婉雯婶婶?"

张婉雯是温华的妈妈,看样子,这一桌热气腾腾的饭菜都是她做的。

婉雯婶婶把菜放在堂屋的四方桌上,然后冲温乔回了一个笑:"温乔,快来坐。"

婉雯婶婶名字好听,人也生得婉约,温华长相里那点秀气就是遗传自婉雯婶婶。她性格和善,做事麻利,村子里没有人说得出她的坏话。

奶奶说道:"今天你婉雯婶婶一大早就来了,说是温华打电话告诉她你要回来,让她过来帮忙,她这又是杀鸡,又是杀鸭的,忙了一个上午了。"

温乔顿时十分感激:"婉雯婶婶辛苦了,真是太谢谢了。"

"哎呀,不辛苦,谢什么呀,都是应该的、应该的。"婉雯婶婶笑着说道。她每次给温华打电话,温华都要在电话里说温乔对他有多照顾,才干了四个多月,就涨了两次工资,而且前几天温华还在电话里说,温乔准备升他当店长,她高兴得半宿都没睡着觉。这回温乔回来,就算温华不交代她,她也是要过来帮忙的。

"哎?这不是时遇吗?你也回来啦?"婉雯婶婶忽然惊讶地看着宋时遇说道。她刚刚在厨房忙活,没听到他们在前面说的话。

"这是温华的妈妈,婉雯婶婶。"温乔担心宋时遇认不出来,在旁边小声提醒道。

"婶婶好。"宋时遇立刻对人露出一个笑容。

婉雯婶婶猝不及防地被宋时遇的笑容晃了一下眼睛,她以前也在村子里见过宋时遇不少次,这还是他第一次这么灿烂地笑着跟她打招呼,她愣了愣,才慢一拍地回了个笑:"哎,你好你好。"虽然他和温乔站在一起,但婉雯婶婶也没多想,毕竟高中那会儿宋时遇就只跟温乔亲近,两人经常是形影不离,她顺手摘下了自己的围裙,说道:"那你们吃饭,我就先回去了。"

奶奶立刻说道:"婉雯你还回去干什么?坐下来一起吃吧!"

其他人也都纷纷开口留人。

婉雯婶婶却笑着说道:"不了,温华爸爸做工要回来了,我回去给他炒两个菜。"她一边说着一边往外走。

奶奶见挽留不住,又连连感谢她帮忙。

婉雯婶婶一面笑应着,一面出门去了。

于是一桌人落了座。

四方桌,配四张长凳,一方就只能坐两个人。

宋时遇自然地在温乔这一方坐下来,大伯眼巴巴地看了几眼,只能勉强在温乔旁边那一方坐下来,又连忙拍拍旁边的位子,一脸期待地看着平安:"平安,坐。"

平安在他旁边坐下来。

大伯立刻高兴地抿着嘴笑了。

温乔看看平安,又看看大伯,也忍不住微微笑了笑。

平安眉眼像妈妈,浅瞳深目,鼻梁、嘴唇和脸部轮廓却像大伯,抿嘴笑

第 31 章 求婚

的时候，连嘴角的弧度都相似。

这次回来，温乔明显感觉到平安对大伯没那么排斥了。

奶奶和宋奶奶也各在一方落座。她俩都很高兴，脸上的笑就没下来过。

桌上的饭菜十分丰盛，完全是年夜饭的标准，鸡鸭鱼肉之类的大菜都齐了。虽然农村菜看着卖相没那么精致，但味道和分量却是没得说，大碗里的肉堆成小山，一阵阵质朴的饭菜香扑鼻，最勾饥饿的人的胃肠。

盛饭的工作一直是大伯做的，他总是很乐意给家里人做事，证明自己是这个家里不可或缺的一分子。

他给每人都盛了一大碗饭。

"饭是我煮的！"他主动邀功道。

温乔吃了一口米饭，夸道："嗯，煮得很好，水放得正好。"

大伯被夸得美滋滋的。

宋奶奶笑着说道："看知衡高兴的，乔乔，你是不知道，他今天一上午见人就说你和平安要回来了，比过年还高兴。"

大伯有点害羞，低着头扒饭，眼睛偷偷瞥向温乔和平安。

"这次能在家里待久一点了吧？"宋奶奶问。

温乔点点头："嗯，如果店里没什么事的话，我打算在家里待半个月左右。"

奶奶和大伯听了都很高兴，以前温乔回老家，待不了几天就要走，这次居然能在家里待这么长的时间。

宋奶奶又看向宋时遇："那时遇呢？"

宋时遇说道："我也跟公司请了假，可以陪乔乔多待几天。"

他一口一个"乔乔",别有一种亲昵宠溺的意味。坐在他旁边的温乔努力抿着嘴,压住一直控制不住想要翘上去的嘴角。

"乔乔,吃鸡腿。"大伯先夹了一只大鸡腿放在温乔碗里,又找出剩下那只大鸡腿夹进平安碗里,"平安,你也吃大鸡腿。"接着又夹了个小鸡腿,伸长了胳膊放进宋时遇碗里,嘻嘻笑着说道:"小时遇,你吃小鸡腿。"

宋时遇微笑:"谢谢大伯。"

大伯嘿嘿笑了两声,把最后一只小鸡腿夹给奶奶:"妈,你也吃鸡腿。"

奶奶笑着说道:"那你宋姨呢?"

大伯站起来又夹了一块肥嫩的好肉放进宋奶奶碗里:"宋姨吃肉。"

宋奶奶笑呵呵地说道:"好,谢谢知衡。"

奶奶又笑着问:"那你自己呢?"

这时,平安默默地夹了一只鸡爪放进他爸爸碗里。

大伯顿时受宠若惊,满脸感动地看着平安,说道:"谢谢平安,我最喜欢吃鸡爪了!"

奶奶也有些惊讶,看了看平安,苍老的脸上慢慢流露出欣慰的笑容。

温乔没说什么,只是温柔地揉了揉平安的小脑袋。

宋时遇也给了平安一个赞许的眼神。

宋奶奶看着这一桌子人,脸上不禁流露出几分羡慕感慨来。

人人都说,温乔家是最穷最可怜的。这一家老小,老弱病残占全了,可只要一家人的心紧紧贴在一起,再困难也有苦尽甘来的一天。

他们一家人就这么坐在一起,其乐融融的,让人怎么看都觉得是幸福美满的一家。

第31章 求婚

温乔好久没吃家里的饭菜了,而且炖菜用的鸡鸭都是家里养的,做法也是家里的老做法,吃起来就是比外面的要香,她吃完一碗饭,又添了一碗。等他们吃完了,大伯不准平安动,抢着收碗,收拾完桌子又给他们倒茶。

"平时我来可没有这种待遇。"宋奶奶笑着说道。

大伯是听不大懂这种调侃的话的,只傻傻地笑,眼睛眨巴眨巴地看着温乔,等着被表扬。

"大伯真棒。"温乔说道。

大伯立刻高兴了,又站起来说道:"我去拿水果!我早上赶集买的!"说完兴冲冲地去了。

大伯刚走开,一旁的宋奶奶含着笑问道:"时遇啊,跟我们说说吧,你跟乔乔是什么时候开始谈恋爱的?"

温乔心想,终于来了,好在并不是问她,于是她就低头喝茶。

宋时遇说道:"乔乔给我送饭那会儿。"

温乔被咽下去的茶叶呛了一下:"咳!"

宋时遇转头看过来,在她背上轻拍两下,嘴角含着温柔的笑意:"慢点喝。"

温乔开始后悔没有提前跟宋时遇对好口径了。

果然,宋奶奶和奶奶听了都愣了愣。

奶奶回想了一下当年,还是有些不相信:"我怎么一点都没发现啊。"

宋奶奶却说道:"我就觉得不对劲,你们俩总是腻乎在一块儿,时遇除了乔乔谁都不爱搭理。"

不过那会儿她还以为是自己多想了，两个孩子应该就是投缘，是好朋友。毕竟那时候的温乔外表上跟个野小子差不多，短发，皮肤黝黑，干瘦干瘦的，跟一身细皮嫩肉的宋时遇站在一起，谁也不会往那方面去想。谁知道，这俩人居然就在所有人眼皮子底下谈恋爱，还没人察觉。

宋奶奶笑眯眯地问："那是谁追的谁啊？"

温乔埋头吃饭，假装没听到，直接把所有难题都抛给宋时遇，谁让他自己给自己挖坑。

宋时遇微微一笑，说道："我先喜欢的乔乔，但是是她追的我。"

温乔："咳咳咳！"她呛咳了几声，又及时捂住嘴，免得自己嘴里的米饭喷得到处都是，只露出一双眼睛充满控诉地瞪着宋时遇。

听到前一句的时候她还心中暗喜，听到后一句她就忍不住了，她什么时候追的他？顶多就是在他的诱导下先告了白。

"说了让你慢点。"宋时遇说着，从桌上抽了两张纸巾递给温乔。

温乔擦了擦嘴和手，看了眼他闪着笑意的眼睛，然后澄清道："我没追他。"

宋时遇却露出一个包容的笑，用一种似乎是拿她没办法的无奈语气说道："乔乔说没有就没有吧。"

温乔看了看奶奶和宋奶奶忍俊不禁的表情，忽然觉得自己这辈子算是被宋时遇拿捏住了。

这念头刚升起来，桌子底下就有一只手握住了她的手，他的大拇指还微微用力地在她掌心捏了捏。

她一愣，转头看到宋时遇正望着她笑，一贯清冷的眼里闪着得意的小

第31章 求婚

碎光。

温乔的心一下子就软了,还能有什么办法呢,被他拿捏住就拿捏住吧,反正从十年前推开门看到他的第一眼起,她的心就已经被他俘虏了。

这样想着,她也翘起了嘴角,在桌子底下用力地回握了一下他的手。

※

吃过午饭,奶奶要午睡一会儿,大伯平时也有午睡的习惯,可是今天他太兴奋了,睡不着,就一直巴巴地跟在平安身边,问他这个问他那个,平安也很有耐心地回答着。

宋时遇则带着温乔又回到了宋奶奶家的那个房间。

一进去,宋时遇先去了洗手间,温乔一个人留在房间里。

后院里的那棵树还在,开窗之后,能触到窗外的繁枝茂叶,温乔伸手碰了碰那支欲探进窗来的树枝。

然后她拉开了书桌下面的抽屉,果然跟奶奶告诉她的一样,抽屉里是一沓厚厚的卷子。她拿出来翻看,都是数学、英语和地理卷子,她语文和历史其实学得还算不错,死记硬背就能记下来,所以宋时遇重点给她补的是另外三门课。每张卷子都被宋时遇打了分,上面还有大量修改的痕迹和宋时遇在旁边写的解题思路。

当时她只觉得宋时遇辅导她的时候常常不耐烦,心里很委屈,明明是他自己主动要给她上课的。现在回想起来,宋时遇当时其实已经很有耐心了,特别是她因为他一句猪脑袋和他冷战了半个多月以后,他无论怎么烦躁,也没有再和她说过一句重话了。

"在看什么?"宋时遇从外面走进来,顺手带上门,他从温乔背后贴上来,双手撑在书桌边沿,把她圈在怀里,弯腰低头时下巴抵在她肩上,"在看你以前的卷子?"

温乔后背倏然一僵,心跳漏跳一拍,脸上微微发热,却强装镇定,若无其事地说道:"嗯,随便看看。"

宋时遇的下巴在她肩上蹭了几下:"想想你欠我多少补课费,我收费很贵的。"

高考状元给人补课,课时费当然贵。

温乔说道:"你可是自愿的。"

宋时遇嘴角微勾:"嗯,我是自愿的。"

他眼里含着笑意,在她面颊上轻吻一下:"别人花大价钱请我我都不教,就偏偏要倒贴教你。"

温乔脸上一热,又嘟囔道:"你倒贴什么了?"

宋时遇把她的脸扳过来,吻上去,话音都含糊在两人的唇齿间:"我本人……"

温乔扭着头和宋时遇接吻,撑在卷子上的手指一根根蜷缩起来。夏天的风徐徐而来,拂过耳畔,染红了面颊,扬起桌上的卷子,发出细微的哗哗声。

*

在老家的这十几天,是温乔这十年来过得最轻松、最舒服的一段日子。

这些天她嗜睡,好像要把这些年缺的觉一口气补回来似的,晚上在自己家床上睡到自然醒,白天又在宋时遇的房间里开着空调睡一整个下午的午觉,傍晚起来后,就该吃晚饭了。

在临川睡惯了空调房,回到这边没有空调的家里,感觉热得有点受不了,

第31章 求婚

于是回到老家的第二天,她就买了两台空调装上了。她房间里装一台,平安房间里也装一台,奶奶受不了空调的冷气,晚上连风扇都不开,只拿一把老蒲扇,热了就摇几下。而大伯喜欢空调,他就把家里的竹床搬进了平安的房间,跟平安一个屋睡。

当天傍晚,宋时遇就以饭后散步的名义,牵着温乔在村子里招摇。村子里的人一下子都知道他们俩在谈恋爱了,背地里羡慕的、嫉妒的都有,想着温乔家里一屋子老弱病残,她自己只有高中学历,居然攀上了这么高的高枝。

不过这些暗地里的心思,明面上是看不出来的,表面上,谁都为温乔高兴。不少人都上门去跟奶奶道喜,问温乔跟宋时遇什么时候结婚。

奶奶只笑着说要他们自己商量,不过她虽然嘴上这么说,还是暗暗上了心。

于是这天吃完晚饭后,奶奶就把宋时遇和温乔叫到身边,语气和缓地问:"你们年纪也不小了吧,有没有考虑什么时候结婚啊?"

温乔心里一紧,隐隐觉得有些不妥,听起来像是逼婚似的,刚想说话,宋时遇就抓住了她的手,轻轻握住,然后望着她说道:"只要乔乔愿意,我随时都可以。十月和十一月的天气适合举办婚礼,而且时间上也来得及,我们可以先把证领了,然后再慢慢筹备婚礼。"

不只是温乔,奶奶也愣住了,她就是想要试探一下,宋时遇是不是认真的,没想到宋时遇居然直接就开始定结婚的日子了,真是大大出乎了她的意料。但是她紧接着就是一阵高兴,脸上情不自禁地带上了笑容,并看向温乔:"乔乔,你呢?"

温乔脑子里一片空白,好一会儿才迟钝地"啊"了一声。

这时，站在一旁的平安忽然说道："姐夫，我看电视上求婚都要有求婚戒指的。"

然后温乔就不敢置信地看着宋时遇从裤兜里掏出了一个黑绒小盒，当着她的面打开，露出里面的钻戒，他顺势单膝跪在水泥地上，把戒指举高到她面前，清冷的眉眼都融成了一汪春水，眼底暗藏期许和紧张，他问："阿温，你愿不愿意嫁给我？"

第 32 章
订婚

温乔已经不记得自己当时是怎么答应宋时遇的了,是说了我愿意,还是只是点了点头,只知道等她冷静下来的时候,自己的右手手指上已经套上了那个钻戒。

温乔对钻石没有概念,不知道怎么看克拉,也不知道一克拉多少钱,但是看大小,就觉得这钻戒很贵,可能是超出她想象的贵。这轻飘飘套在她一根手指上的亮闪闪的小东西一下子成了她全身上下最贵重的东西。

"按照我们这里的习俗,是要先倒茶,再订婚,最后结婚的。"奶奶笑着看了一眼温乔手上的戒指,"戒指都戴上了,那倒茶就不用了,但是婚还是要订的,叫些亲戚来家里吃个饭,通知一下就好了。你们俩都忙,就随意一点,简单点办吧。"

宋时遇牵着温乔的手,眉眼之间都是愉悦的笑意,闻言却说道:"奶奶,这是人生大事,怎么能随意?我们还是按照规矩来,该有的都要有,您告诉我都要怎么办,我来准备,不用怕麻烦。至于临川的工作,我跟乔乔会协调好的。"他说着,转头对温乔温柔一笑,握紧了她的手。

温乔还在心里琢磨这钻戒多少钱,可别丢了,要不要好好收起来呢,见宋时遇忽然对自己笑，回过神来，也对他笑了笑。

奶奶听了宋时遇的话，顿时更满意了，笑出了一脸皱纹："好好好，既然这样，那我就跟你宋奶奶商量商量。"正说着，她忽然想起来什么，接着问道，"对了，时遇，你爸爸妈妈知道你跟乔乔的事吗？"

温乔心里顿时咯噔了一下，她突然发现自己一直忽视了宋时遇的家人。宋时遇的爸爸她从来没有见过，宋时遇的妈妈她也只在十年前远远地见过一次，只隐约记得是个气质特别高贵的女人。宋时遇从不主动提起他的家里人，温乔十年前在临川过暑假的时候，宋时遇就没有跟家里人住在一起，由此可见他和家里人的关系并不怎么亲近。但是不亲近归不亲近，婚姻大事，总还是要跟家人商量的。

温乔之前一直考虑的都是她和宋时遇两人之间的关系，从来没有考虑过，宋时遇的家里人能接受自己精心培养出来的天之骄子跟她这个没上过大学，还有一家子老弱病残要照顾的人结婚吗？温乔心里像是突然压了块石头，她惴惴不安地看向宋时遇。

她什么都不用说，宋时遇就已经懂了她的担忧，他把她的手攥紧了，然后对奶奶说道："奶奶放心，虽然我还没通知父母，但是我能做自己的主，我保证不会让乔乔受半点委屈。"这话是说给奶奶听的，更是说给温乔听的。

宋时遇这些年每年都来看望奶奶，总是会陪她坐着聊一会儿，他表现出来的沉稳和周到足以让她相信他能够处理好这件事情，她欣慰地笑了笑，看了看也跟着放松下来的温乔，说道："那我就放心了。"

奶奶又说道："倒茶是要去男方家里办的，临川那么远，还是算了吧，没必要搞得那么烦琐，现在好多人都不兴倒茶这一套了。至于订婚的日子，你

第32章 订婚

看你家里人那边什么时候方便,两家人先见个面,吃个饭,再好好商量后面的事。"

宋时遇微微笑了笑,把温乔的手又握紧了一些,说道:"好,我让我妈这几天过来拜访您。"话语中,并没有提及他的父亲。

奶奶没察觉,满意地点了点头:"这样最好了。"

谈完话,奶奶就打发他们走了。

温乔和宋时遇要出门散步,大伯想跟着去,被平安拉住了。

今天晚上有点微风,路上还算舒爽,沿着稻田走,能听到田里此起彼伏的蛙叫声。

"你的戒指是什么时候买的?"温乔问。

"回来的前几天。"宋时遇说道。

她答应和他在一起的第二天,他就开始看求婚戒指了,好多天才终于选中一款。

连他自己都觉得自己太着急,温乔未必会答应他的求婚,可他还是迫不及待地连婚戒都一并选好了。在品牌方询问他是不是需要在内圈刻字的时候,他第一反应是拒绝,过了几天又反悔了,提出在那对婚戒的内圈分别刻上两个字。

女戒是"宋温"。男戒是"温宋"。

他是她的。她亦是他的。

温乔抽出手来,低头拨弄了会儿手上的戒指,终于还是忍不住问:"这么大的钻石,是不是很贵啊?"

宋时遇嘴角绽开一个笑,说道:"不贵。"

是不贵。婚戒比较贵。

温乔盯着他看了两三秒,忽然有些惊奇,他近来笑容多了很多。

宋时遇不自觉地收了笑容,问:"看什么?"

温乔勾了勾嘴角:"你最近好像很爱笑。"

宋时遇一怔,随即重新牵住她的手,继续往前走去,声音里都带着淡淡笑意:"嗯,因为心情好。"

温乔厚脸皮地问:"那肯定是因为我吧。"

宋时遇偏过头来望了她几秒,轻轻哼笑了一声,还是诚实地回答道:"嗯。"

温乔嘴角也扬起来,好不容易才忍住不让自己笑得太明显。

宋时遇抓紧她的手:"走吧,今天走远一点,走到莲花池。"

温乔说道:"那边有好多狗呢。"

宋时遇:"怕什么,有我在。"

✦

温乔没有问宋时遇妈妈什么时候来。在这些问题上,她莫名地有些矜持。包括一些订婚上的事情,也都是宋时遇和奶奶单独谈的,好像她什么都不用管,只需要等着做新娘子就好了。

偶尔她也能看到宋时遇跟周秘书打电话交代些什么,有公事,也有私事。

她还接到了黎思意的电话,电话那头的黎思意开口就是劈头盖脸的责怪:"好哇!乔乔!你都要订婚了也不通知我!我还是问时遇才知道,这么大的事你都不跟我说,你有没有把我当好朋友啊!"

温乔知道黎思意的脾气,好声好气地哄道:"我没告诉你是因为现在还没有定好时间,等定好时间,我一定第一个告诉你,你别生我的气了好不好?"

第32章 订婚

温乔声音软,语气轻柔,听在耳朵里,有种说不出的顺耳,再大的脾气也被安抚了。

而且黎思意这脾气,三分真,还有七分则带着撒娇的意味,温乔这么一哄,那三分也被消了下去。

黎思意问道:"第一个告诉我?那你那个高中同学呢?"

温乔知道她说的是穆清,忍住笑说道:"我第一个告诉你,第二个再告诉她。"

穆清反正不会知道,就算知道也不会介意的。黎思意跟她们的年纪其实相差不大,可是有时候却还跟个小女孩一样,会在友情上争风吃醋。

听到温乔这么保证,黎思意彻底舒坦了,哼哼了两声,又问:"那你们准备什么时候订婚啊?我好安排我的档期。订婚是在哪里订啊?在临川还是在你们老家?或者是办两场?"

温乔居然答不上来,这些事情都是奶奶和宋时遇在商量,她只好重复道:"现在都还没定呢,等定了我会第一时间通知你的。"

黎思意说道:"那行吧,那你记得提前告诉我,我很忙的,得提前空出档期来。"

温乔笑着说"好"。

挂了电话,她倒是觉得应该跟穆清说一声了。穆清应该是在忙,没有第一时间回信息,过了大半天才发了一条:"订婚日期定好了记得提前通知我。"

紧随其后蹦进来的是温华的信息。温华每天都会用微信跟温乔事无巨细地汇报店里的情况,温乔从每天的营业额看,也知道店里的生意现在蒸蒸日上。温华还招了两个人,一个只干了一天,第二天就没来了,还有一个干了两天,做事不行,温华给他结了两天的工资,没要他。

温乔让温华别着急,慢慢来,餐饮业的人员流动本来就是很快的,只是店里的员工要辛苦些了,她让温华这阵子每天晚上都给他们点一杯奶茶,她请客。

✹

回来的第十天,宋时遇妈妈来了。

十年前远远见过一面就给温乔留下了深刻印象的宋时遇妈妈,如今再站在温乔面前,看着还像是四十出头的年纪,岁月没有带走她的美貌,反而沉淀出更优雅高贵的气质,很容易就叫她面前的人自惭形秽。

她对宋奶奶颇为尊敬,称其为姑姑,只是在跟着宋奶奶走进温乔家大门后,看到还铺着水泥地的堂屋,以及堂屋里那张掉漆的老式四方桌和四张长凳时,眉毛不禁微微蹙了蹙。

大伯在家里前前后后地跑,忙着给他们倒茶,大概因为宋时遇妈妈是生人,所以他总是忍不住直勾勾地盯着她看,盯得她渐渐面露不悦。

奶奶察觉到了,面色微凝,对大伯说道:"知衡,不可以一直盯着客人看,不礼貌。"

大伯顿时瑟缩了一下,收回目光,又站起来认认真真地对宋时遇妈妈说了句"对不起",然后就躲去后面的厨房不出来了。平安抿了抿嘴角,默默地从凳子上下来,跟了过去。

奶奶转过头对宋时遇妈妈微笑着说道:"你别介意,这是乔乔的大伯,小时候生了场病,智力跟个六岁小孩差不多,他没见过你,所以才会一直看你。"

第32章 订婚

宋时遇妈妈笑了笑："没关系。"但笑容里隐约有几分勉强。听说是一回事，亲眼见到又是一回事。

温乔看着厨房的方向，胸口像是堵了块石头，闷得慌。

桌下有只手抓住她的手，同她十指相扣，然后用力地握紧了，这是他无声的抚慰和支持。

温乔回握了他一下，心里好受了一些。

好在有宋奶奶在，气氛很快融洽起来。

长辈们聊天说话，温乔插不上嘴，只能端坐在宋时遇身边微笑，时不时还要被宋时遇妈妈审视两眼，简直如坐针毡，又暗自担心自己会不会笑得太僵。

"你们接着聊，我和乔乔出去买点东西。"宋时遇忽然起身，顺势把一脸茫然的温乔也拉了起来。

他和温乔在桌下一直十指相扣的手就这么暴露在了一桌人面前。

宋时遇妈妈的目光在他们十指相扣的手上停留了好几秒，然后抬头看向宋时遇。宋时遇无声地望了她一眼，直接牵着温乔走出了堂屋。

温乔被带出了堂屋，才疑惑地问宋时遇："买什么啊？"

宋时遇牵着她的手继续往前走，说道："买雪糕。"

温乔愣了愣，等到看着宋时遇站在冰柜前不慌不忙地挑着雪糕的时候，她才后知后觉，宋时遇是故意把她带出来的。

✦

大伯是小孩脾气，刚刚还闷闷不乐，这会儿有雪糕吃，又一下子高兴了，开开心心地拿着酸奶雪糕吃得满嘴都是。

凡是小孩就没有不爱冰的,平安再怎么"成熟稳重",也逃脱不了雪糕的诱惑,不由得暂时忘记了刚才的不开心,小口小口地吃着。

温乔也拆了一个跟他们一起吃,她故意吃得很慢,就是不想去前面坐,宋时遇也在边上陪着,偶尔抓过她的手在她雪糕上咬一口。

大伯看着宋时遇咬了好几口,终于忍不住提醒宋时遇:"小时遇,你别吃乔乔的了,冰箱里还有!"

宋时遇囫囵咽下嘴里的雪糕,轻咳了声:"她的好吃。"

大伯纠结了一会儿,把手里还剩下一半的雪糕递过来:"我的跟乔乔的是一样的,你吃我的吧,我去吃别的。"

宋时遇:"……"

温乔顿时忍俊不禁。

宋时遇看了她一眼,然后对大伯微笑着说道:"不了大伯,你自己吃吧。"顿了顿,补充道,"我也不吃她的了。"

大伯又热情好客地说道:"那你要吃什么?我去给你拿。"

温乔忍笑。

宋时遇微笑:"不用了大伯。"

大伯奇怪地看了他一眼,想不明白为什么宋时遇就想抢温乔手里的吃。

这时宋奶奶走了进来,对他们说道:"你们在这儿躲着干吗呢?要到饭点了,也别在家里吃了,去县城吃吧。"

于是一群人出发去县城吃饭。

宋时遇开车,温乔坐副驾驶,宋时遇妈妈、宋奶奶和平安坐在后座。

奶奶和大伯坐一辆从村子里租的车。

第32章 订婚

后座上，宋时遇妈妈随口问道："你叫平安吧？今年读几年级了？"

平安说道："下学期读初一。"

宋时遇妈妈惊了一下："读初一？你才几岁啊？"

平安说道："我马上九岁了。"

宋时遇妈妈有点震惊："九岁就读初一了？"

宋奶奶笑呵呵地说道："平安是有名的小神童，三岁就会识字背诗了。"

宋时遇妈妈问道："那你现在在哪里上学啊？"

平安说道："临川。"

宋奶奶说道："平安是乔乔一手带大的，从三岁半就被乔乔带在身边了。"

宋时遇妈妈有些惊讶，忍不住往副驾驶看了一眼，说句实话，她对温乔的印象不坏，虽说长相不是那么出挑，但是胜在顺眼舒服，姿态也大方，站在时遇身边，倒也还算和谐，把家境和学历抛开，光看人还真挑不出什么毛病。

再加上她最近几年也的确开始为宋时遇结婚的事着急了，宋时遇条件再好，他自己不肯找也是白搭。这些年她的确亏欠了他，不管是童年还是少年时期她都没能陪在他身边，他上学也好，创业也好，都没有花过家里的钱，以至于她现在对他的事情完全插不上嘴，做不了主。他和温乔的事，哪怕她心里再不情愿，也没有办法反对，因为宋时遇根本不会听她的。

不过，到温乔家里之后，她心里稍微好受了一点。

这一家人的生活环境虽然比她想象中还要差，但是精神面貌却和她想象中大相径庭，在她想象中，一家子老弱病残，肯定是把日子过得十分凄惨狼狈，上不得台面的。

温乔的奶奶虽然是个一辈子都没去过城里、大字不识的乡下女人，但是说起话来却是条理分明，不卑不亢，哪怕嘴上说着高攀了，神态也还是坦然从容的。

就连她最担心的那个智力有问题的大伯，都礼貌懂事得令她吃惊。她来之前本以为会看到一个行为举止都不受控制、会随时制造麻烦的男人，在看到完全能够与人沟通、端茶倒水也特别熟练、只是性格像个小孩子的大伯后，她心里也是十分讶异。看得出来，能把他教成这样子，是需要长年付出十分的心血才行的。

还有平安。她知道平安是温乔大伯的儿子后，就很担心他也有智力上的缺陷。可现在得知他不仅智力没缺陷，居然还是个小天才。要知道宋时遇从小到大学习都特别好，还是高考状元，那都是一步一步、扎扎实实学上来的，她一直引以为傲。平安还这么小就要上初中了，难以置信之余，她心里还有些微妙的酸。

而且这个孩子实在长得太漂亮了些。这么聪明还这么漂亮，又这么懂事乖巧，令她情不自禁地对他心生喜爱。

"为难你了。"她对温乔说道，语气也不禁软和下来。

这温乔别的不说，品性肯定是没得挑，否则不可能年纪轻轻就愿意把这么大一个包袱背在身上，而且还把这孩子教得这么好。

温乔愣了愣，有些受宠若惊地说道："没有的……"

✦

这一顿饭吃下来，基本上该定的事情都定下来了，宋时遇妈妈的态度也

第32章 订婚

肉眼可见地柔和下来了。

不过在听到宋时遇说想要定在十月或者十一月结婚的时候,她还是惊讶地询问道:"现在都八月了,离十月还有不到两个月,太急了吧?"

宋时遇往温乔碗里夹了一块鸡肉,慢条斯理地说道:"不急。时间够了。"

宋时遇妈妈就不说话了。

订婚和结婚一样,要办两场,老家一场,临川一场,分别招待两边的宾客。考虑到宋时遇定的婚期很近,在老家订婚就挑了个就近的日子,也就是大后天。

在温乔老家,订婚是只招待亲戚的,温乔家亲戚不多,准备两三桌就够了。

温乔也分别通知黎思意和穆清,叫她们不用过来了,反正还要在临川办一场的。

没想到这俩人嘴上答应得好好的,却一前一后不约而同地都来了,穆清提前一天到了,黎思意和姚宗是第二天上午到的。

黎思意看到穆清,顿时瞪大了眼睛,甚至私下问温乔是不是只叫了穆清来,正好被穆清听到了。

"她叫我不用来,是我自己要来的,我最好的朋友订婚,我再忙也得赶过来。"穆清说着,还当着黎思意的面笑着挽住了温乔的手,颇有点争宠挑衅的意思。

黎思意立刻收起在温乔面前的娇嗔,端出自己高贵冷艳的一面,一挑眉:"这么巧啊,我也是这么想的,毕竟我跟乔乔在她高二暑假的时候就认识了。"

事后温乔对穆清表示了无奈:"你干吗逗她?"

穆清挑眉笑道："好玩嘛。"

穆清在见到宋时遇妈妈的时候给她递了张名片："阿姨您好，我是小乔的高中同学，也是她最好的朋友。"

"你好。"宋时遇妈妈看了眼手里的名片，倒是有点惊讶，没想到温乔还有这样的朋友，大电视台的制片人。

一转头，她又看到黎思意跟温乔也很是要好的样子，更惊讶了。

"思意，你跟温乔很熟吗？"宋时遇妈妈问道。黎思意的妈妈是她的高中同学，两人都没有外嫁，都在临川，这些年两家人一直是很要好的关系，黎思意也算是她看着长大的孩子。她对黎思意的秉性很了解，虽然爱玩爱闹，但是真正要好的朋友没几个，对看不上的人更是连应付都懒得应付。但是现在看黎思意却总不自觉地往温乔身上黏，这孩子对喜欢的人才会这样。

"阿姨，我跟乔乔很熟！我们是好朋友，高中的时候就认识了，不过也是最近才重新联系上的。"黎思意说着，还不忘给温乔说好话，"阿姨，时遇能娶到乔乔是他的福气，我要是个男的，我都想娶她当老婆。"

宋时遇妈妈听了这话，心里有点不大舒服，要接受这一家，她已经给自己做了不小的心理建设，现在黎思意居然说时遇能娶到温乔是他的福气，但她脸上还是带着笑："是吗？她有这么好吗？我倒是还没发现。"

黎思意笑眯眯地说道："那阿姨您就慢慢发现吧，乔乔是个宝藏，需要慢慢挖掘。"

宋时遇妈妈："……"

她心里觉得黎思意不靠谱，又把姚宗抓了过来。

姚宗完全没收到宋时遇订婚的通知，他还是被黎思意通知的，然后就跟

第32章 订婚

着一起来了。

宋时遇妈妈旁敲侧击地问起来的时候,姚宗立刻对温乔赞不绝口:"阿姨,时遇交给温乔,您就放心吧。"

宋时遇妈妈沉默了一瞬,忽然狐疑道:"是不是时遇教你这么说的?"

姚宗立刻举起手做发誓状:"阿姨,绝对不是时遇教的,完全是我的真情实感。"他说着,示意宋时遇妈妈去看宋时遇,"您自己看,难道您不觉得时遇和以前很不一样了吗?"

那边宋时遇正被温乔的一大帮亲戚围着,因为是暑假,还来了不少小孩,吵吵闹闹的,她看着都要皱眉头,更别说宋时遇了。他以前最不耐烦这样的场合,也很讨厌被人当成动物园里的动物一样围观,可是此时此刻的他却极有耐心,脸上始终带着笑,那种笑并不是常在他脸上见到的敷衍礼貌的微笑,而是发自真心的笑容。

或许是当妈妈的总能很轻易地分辨出自己的儿子是真的开心还是伪装出来的开心,她知道,宋时遇是真的开心。

他始终牵着温乔的手,好像生怕一松手就找不到了一样,和别人说着话,也会忽然转头去看温乔,那自然流露出的在意和爱意让她这个当妈妈的心里又是替他高兴,又难免有几分酸涩。

"阿姨。我是真心为时遇感到高兴,他等了十年,终于等到了这一天,您也应该为他感到高兴。"

宋时遇妈妈若有所思,过了会儿,忽然嗔怪似的看了姚宗一眼:"我本来就高兴。"

姚宗哈哈笑着拍了拍自己的嘴:"是,您当然高兴了,说不定很快就能抱到孙子孙女了。"

　　宋时遇妈妈听到这句话,这才真心实意地笑了出来:"那就承你吉言了。"

　　她重新看着人群中的宋时遇,忽然发觉自己这些年错过了太多。

　　但是好在,还能弥补。

　　她露出笑容,主动走向了人群。

第 33 章
酒后

订婚宴是在市里的高档酒店办的。

温乔家亲戚不多,请的也都是这些年来往多的亲戚,不过亲戚都带了孩子,十二人的大桌,刚好坐满三桌。

因为从温乔家去酒店要转好几趟车才能到,所以宋时遇安排了专车接送。

虽然是个十八线小城市,但是这家酒店却也装修得非常符合高档的定位。

宋时遇包了一个宴会厅,现场布置得十分梦幻漂亮,他订了三桌席面,一桌两万八,一共二十二道菜。

温乔听说价格以后肉疼得不行,她这辈子都没吃过这么贵的饭,这一桌的饭钱都够她吃两年的了。

那桌上海陆空都齐了,一辈子都没吃过什么稀有海鲜的亲戚们对着桌上盆那么大的帝王蟹啧啧称奇,小孩子更是直接站起来看。

"这么大的螃蟹,我还是第一次见,得好贵吧。"

"可不是,这一只就得好几千呢!"

"这么贵?"

"我听说今天这一桌得两万多。"

"乔乔的男朋友这么有钱啊？"

"乔乔男朋友自己是在临川开公司的，家里也有钱。"

嘴上说着，也不影响他们手里的筷子纷纷落到了盘子里。

不过过了会儿，等到一盘摆盘十分漂亮的海鲜刺身拼盘上来的时候，他们开始不知道该怎么下筷了。

"这怎么都是生的啊。"

"你连这都不知道？这叫刺身，就是吃生的。"

"那怎么吃得下啊？"

"这怎么吃不下，别人都敢端到桌子上来让你吃，你还怕不能吃啊？"

有人犹犹豫豫地下筷夹了一片厚切的三文鱼，吃到嘴里，有点想吐出来，但是又怕浪费，硬生生囫囵咽了下去："这怎么跟肥肉似的。"

"我也吃不惯这生的，还是熟的好吃。"

"这个生的虾怪好吃的，你们尝尝，又鲜又甜。"

之后陆续上来的还有胳膊那么粗的大龙虾，手掌那么大个的鲍鱼……

宋时遇吃得少，绝大部分时间都在照顾坐在身边的温乔，给温乔添菜、剥虾，还不忘照顾坐在温乔身边的平安。

宋时遇妈妈骆文玉看在眼里，心里难免有些失落发酸，她这辈子都没被自己儿子这么照顾过，现在看着他对"别人"这么体贴，笑容渐渐勉强了起来。

温乔在桌子底下拽了拽宋时遇的衣角，用眼神示意。

宋时遇顿了顿，然后盛了一碗汤，也没说话，就只是把盛好的汤放在了骆文玉的右手边。

第 33 章 酒后

骆文玉顿时有些受宠若惊,也没了要去比较待遇的想法,她压着声音对儿子说了声"谢谢",脸上的笑容也灿烂自然多了。

✦

吃完正餐,又上了水果甜点,留给了大家一些聊天说话的时间。

按照温乔老家的习俗,订婚的时候,男方是要给女方亲戚包红包的,一户一个红包,金额一般是一千到两千不等。可今天亲戚们把那鼓鼓囊囊的大红包拿在手里时,感觉格外沉甸甸,一捏就知道绝对不止一两千。

亲戚们受到了这样的招待,个个都眉开眼笑,好话流水似的从嘴里淌出来。

"哎呀,乔乔真是有福气。姑姑,你得了个这么好的孙女婿,以后可有享不完的福了!"

"是啊,姨,乔乔自己孝顺懂事又能干,又找了个对她这么好的老公,以后你就不用操心,只用享福了。"

温乔在边上听到"老公"这两个字,脸一下子就红了,这才刚订婚,也就是个未婚夫,怎么就成了老公了?

她看向旁边正被男长辈们包围的宋时遇,也不知道他听没听到,反正他转过头来看她的时候表情很淡定,只是因为喝了不少酒,清冷白皙的脸上微微泛着薄红,连眼尾都潋滟着水光,望过来的眼神显得格外温柔多情。

温乔被他看得心跳都漏跳一拍。

宋时遇不抽烟,所以对长辈们给的烟都敬谢不敏,对酒却是来者不拒,还是温乔见他喝得太多,给他拦了拦,亲戚们也都很识趣地停了。不过宋时遇这会儿已经有些醉意,嘴角始终向上勾着,疏离淡漠的气息都减了不少,不再显得那么高不可攀，难以接近了。

　　亲戚家的小孩们虽然都不敢靠近，但是都在偷看宋时遇，偶尔会流露出看呆的痴态，大概是第一次在现实世界里看到比电视里还要好看的人，被震慑到了。

　　温乔完全能够理解这种感觉，她第一次见到少年时期的宋时遇就被震慑过。

　　吃完饭，热闹又持续了大半个小时才散场。亲戚们吃也吃了，拿也拿了，兜里还揣着一个沉甸甸的红包，大家都开开心心地回到送他们来的车上，各自回家了。

　　有的人在路上就迫不及待地拆了红包把钱掏出来，拿在手里厚厚一沓，一数，有零有整的，足足有八千八百八十八块。

　　"这包了这么多，那乔乔结婚我们得随多少才合适啊。"

　　"你们知道彩礼多少吗？八十八万！说是还准备了临川的一套房，一辆车，都是给乔乔的。"

　　在温乔的老家，彩礼一般都在六万到十万之间，条件比较好的就会再添一些。

　　奶奶觉得八十八万太多了，但是宋时遇妈妈一直坚持，她也就没再拒绝，私下里跟温乔说，到时候这些钱全都用来置办嫁妆。

　　"我们家条件是比较困难，但是也要体体面面的，他给多少，奶奶就给你压多少箱。我们不图他们家有多少钱，只图他对你的这份心意。"

✳

　　订婚的前一个晚上，奶奶把温乔叫到了自己的房间，叮嘱了好多事情。

第33章 酒后

"就算以后嫁给时遇了,不管他对你多好,你都一定要记住,不要事事都依赖他,无论什么时候,都要给自己留条退路。"

温乔认真地点点头,她自己也是这么想的。不过她觉得,她和宋时遇之间,倒是宋时遇依赖她更多一些。

叮嘱到最后,奶奶又从手腕上取下了那个她戴了大半生的银镯子,说道:"乔乔,奶奶对不住你,要不是生这一场病,奶奶也能给你拿一份嫁妆出来。这个银镯子,不值钱,但是是从祖上一直传下来的,以后奶奶要是不在了,你戴着这个,就像是奶奶陪在你身边一样。"

她说着,握着温乔的手,将银镯子套进她的手腕。轻轻巧巧的一个银镯子,悬在雪白纤细的手腕上,这镯子经过岁月的打磨,散发出一种质朴无华却又沉淀着古韵的气息,倒是很衬温乔。

温乔鼻子一酸,反握住奶奶苍老枯瘦的手,脸上却露出一个笑容,说道:"奶奶,您得活到一百二十岁,好好享享孙女的福。"

奶奶湿了眼眶,将她搂进怀里:"傻孩子,奶奶这么多年一直都在享你的福,你是上天送给奶奶的宝贝。"

奶奶早年丧夫,大儿子又因为生病导致智力有缺陷,人到中年后,又痛失了小儿子。好在留下温乔这么一个宝贝孙女,从小乖巧懂事,人还没有灶台高就学着站在小凳子上炒菜,家里样样事都抢着做。没爹没妈的孩子,从小到大不知道要受多少委屈,温乔却从不抱怨,从没让她这个奶奶操心、伤心过半点,这给了她无限的抚慰和希望,也叫她觉得日子过得有了些盼头,却不想她老了又生了一场大病,生生把孙女给拖累了。

温乔那阵子有多用功,她全都看在眼里,心里心疼,但也为温乔高兴,希望温乔能考上大学。她一直省吃俭用地攒钱，本来是想给温乔以后当嫁妆，如果温乔要上大学，就得先把这笔钱用了，但是只要温乔考上了，她就算是砸锅卖铁也是要支持的。

没想到眼看温乔就要改变命运了，她却垮了，然后这个摇摇欲坠的家就全靠温乔稚嫩的肩膀撑着了。特别是平安的到来，对这原本就艰难的家庭来说，更是雪上加霜。她看着襁褓中长得很漂亮的平安，心里却实在高兴不起来，以至于后来温乔要把平安带在身边，她也是不同意的。后来平安一年一年地长大，温乔把他教得很好，既乖巧又懂事，而且还很聪明，没有人不喜欢他。可她对这个孙子却总是很难亲近起来，因为她太心疼温乔，所以她心里总是有层芥蒂，觉得是平安让温乔多吃了很多苦。

她这一生坎坷，吃过的苦比别人吃过的饭还多，却依旧感谢老天爷，因为它把温乔送到了她身边。

祖孙俩搂在一起哭了一场，但想到以后的日子会越来越好，又拉着手笑了，絮絮地又说了会儿话，温乔就扶着奶奶躺下了。

✦

亲戚们都走了。

宋时遇妈妈也去赶高铁回临川了。

来的时候穆清就提议温乔和宋时遇今晚都在酒店住，大家晚上一起喝一杯庆祝一下，所以温乔和宋时遇都带了行李。大伯和平安也留了下来，宋时遇把他们交给周秘书安排的人照顾，奶奶则和宋奶奶一起回去了。

"现在还早，我们去哪儿玩啊？"姚宗兴致勃勃地说道，他陪着宋时遇被敬了不少酒，但姚宗酒量好，脸都没红，反倒更精神了。

第33章 酒后

"我就不去了,我有点喝多了,想去房间里睡会儿。"宋时遇搂着温乔,身体也向她倾斜着,他清冷白皙的脸上染着一层薄红,这层薄红一直氤氲到修长的颈子,连眼睛都水汪汪、雾蒙蒙的,眼尾也泛着红,酒醉的样子看起来很有说服力。

黎思意打了个哈欠说道:"我昨晚没睡好,今天又起太早了,我也想上去睡会儿。"

穆清投赞成票:"我也有点累,那下午大家就回房间休息吧,其他活动晚上再说。"

精神振奋的姚宗见这一个个地都要睡觉,顿感无趣:"那行吧,我也回房间躺会儿。"

于是一行人直接进了电梯上楼。

在电梯里,宋时遇一直都是一副酒醉后四肢酥软无力的样子,浑身软绵绵地靠在温乔身上。

一出电梯,温乔先扶着宋时遇出去,黎思意下意识跟过去想要帮忙,被姚宗拽了回来。

"你干吗?"黎思意不解其意地问。

"你跟过去干吗?"姚宗反问。

"万一要帮忙呢。"黎思意说道。

"放心,用不着你。"姚宗看着宋时遇那歪歪斜斜的背影,忍不住在心里腹诽,装得还挺像。

温乔用房卡刷开门,扶着宋时遇进去,刚准备反手关门,门却比她的手快一步,重重地合上了。刚才还一副虚软无力样子的宋时遇此时却迅捷地转身,把她压在门上,一只手紧贴上她的腰,用力将她按进怀里,另一只手捏住她的下巴,将她的脸抬高。

温乔茫茫然抬起头,迎接她的是宋时遇急不可耐地落下来的吻。

*

一个漫长而又含情脉脉的吻结束以后,宋时遇在温乔唇上恋恋不舍地轻啄了几下,然后紧紧环抱住她,低头埋进她的颈侧,贪婪地汲取她身上的气息,直到胸腔里激烈的躁动渐渐平复下来。

温乔也把脸枕在他宽阔的肩上,轻而颤地平复着自己的呼吸,她感受着颈侧被宋时遇覆压的重量,有种说不出的安心和满足。

两人就这么静静地抱了好一会儿,温乔平复好呼吸和心跳,这才发出自己的疑问:"你之前是在装醉吗?"

"嗯。"宋时遇说道,"因为我从昨天晚上就想这样吻你。"

温乔闹了个大红脸,好一会儿没说话。

宋时遇问她:"怎么不说话了?"他的额头在她耳边轻蹭了一下,声音懒懒的,好像是吃饱了以后懒洋洋地不想动弹的猫,还带着一点娇气。

温乔清了清嗓子:"你要不要午睡一下?"

宋时遇从鼻腔里悠悠地发出一声"嗯",说道:"那你陪我一起睡。"

温乔答应了。

于是两人又抱了一会儿后,就各自去浴室简单洗漱了一下。

温乔洗漱完,换好睡衣后出去的时候,宋时遇已经躺在床上,窗帘也被拉上了。昏暗的房间让人放松,她走过去,发现宋时遇已经闭上眼睛睡着了,这样的光线下,都能看到他白皙的皮肤上薄红未褪。

第33章 酒后

她小心翼翼地在他身边躺下，刚躺好，就被宋时遇搂了过去，被子底下他的长手长脚都卷了上来，把她团团裹住。

温乔被宋时遇抱过去的时候吓了一跳，感觉自己顷刻间被他温暖的气息包围。她的脸正好埋在他脖子处，他低着头，下巴抵在她头顶，缠在她身上的手脚很有重量，却是一种让人觉得舒服安心的重量。

宋时遇在她发顶上亲了一下："睡觉。"

温乔"嗯"了一声，然后环抱住他的腰，闭上眼，很快就沉沉睡去。

✦

温乔是被敲门声吵醒的，她费力地睁开眼睛，看见已经换好衣服的宋时遇正从浴室出来，见她醒了，他说道："我去开门。"

"都睡了一个下午了，怎么还在睡啊，发微信也不回。"姚宗一进门就开始唠叨，"你酒醒了没？"

宋时遇"嗯"了一声。

"乔乔呢？"温乔听到外面传来黎思意的声音。

宋时遇说道："在房间里。"

黎思意就径直进来了，一看她还躺在床上，立刻说她："乔乔你怎么还没起来啊，快起来，去吃饭了！"

穆清也跟着走了进来，后面还跟着大伯和平安。

温乔顶着一头乱发从床上坐起来，一脸还没睡醒的惺忪模样。

黎思意看见温乔这样，就贼兮兮地凑过来，压低了声音问："你们两个下午是不是做什么坏事了？"

温乔顿时整个人都清醒了，看了眼站在床边等她的大伯和平安，虽然知道他们听不到,也听不懂,但还是羞窘地拍了下她的手:"别乱说。"

穆清说道:"好了,你快起来洗漱一下准备出门吧,我饿了。"

温乔从床上爬起来,简单洗漱了一下,换了身衣服就跟他们一起出发了。

订婚以后,宋时遇更是"得寸进尺",无论走几步路都要跟温乔手牵着手。

姚宗酸溜溜地说道:"早知道我也带女朋友来了。"

不过说句实话,他从来没跟哪个女朋友这么腻歪过。看宋时遇的样子,那眼神,腻得都能拔丝了。他真是有点不习惯,心里还有点酸,他好像从来没有这么喜欢过一个人。

一行七人在酒店餐厅里简单吃了顿晚饭,然后就商量着去哪儿玩。十八线的小城市,在娱乐项目上没有太多选择。他们讨论之后,决定先去电影院看一下最近大热的科幻片,然后再找个地方喝酒聊天。

虽然不是周末,电影院里的人还是不少,有百分之六十的上座率。他们买票的时候最好的位置已经被买了,于是买了相对靠后的位置。

在大厅等的时候,他们这颜值超出平均水平太多的一行人格外引人注目,尤其是宋时遇,在临川就是众人眼中的焦点,更何况在这里,男女老少都忍不住盯着他多看几眼。

他们进场早,电影屏幕都还没亮起来,温乔嘱咐第一次来电影院这种地方看电影的大伯:"大伯,等会儿看电影的时候要安静,有什么话只能小声说,不能吵到别人看电影,知道吗?要是想上厕所就叫我。"

大伯满脸都是兴奋的神色,还有那么一点点紧张,他把3D眼镜放在大腿上,抱着一大桶爆米花乖乖地点头。

第33章 酒后

这时坐在前排的两个女生听到温乔的话,都下意识扭过头来,她们先看了看温乔,等目光不经意扫过旁边的宋时遇后,一下子被狠狠惊艳到了,其中一个甚至有点看呆了。

两人把头转回去以后,很是躁动,分别拿起手机在姐妹群里疯狂发惊叹号。

"我们后排坐了个超级大帅哥!!!绝了!在我们这穷乡僻壤第一次看见这么帅的帅哥,惊为天人!"

"真的好帅!!!"

群里的小姐妹立刻开始鼓动:"要微信!冲!"

"不敢,他旁边好像是他女朋友,也是大美女!"

"我还是第一次看3D电影。"温乔手里拿着3D眼镜说。

"不会吧?"姚宗探过头来,"你以前都没看过3D电影?"

温乔"嗯"了声:"这是第一次看。"

别说3D电影了,她连2D电影都只看过两次,一次是在十年前的临川,还是宋时遇带她去看的。一次是前年,平安过生日,她特地带他去看了一部迪士尼的动画片,不过她当时因为太累,看到后面还睡着了。

温乔嘴角微微上扬,看着宋时遇说道:"我第一次看2D电影就是跟你一起,第一次看3D电影还是跟你一起。"

前排的一个女生听到这话,微妙地调整角度看了后排的温乔一眼,然后用胳膊碰了碰身边的女生,用眼神交流:啧啧啧,这话说得也太绿茶了吧,还当着别人女朋友的面说。

用胳膊碰人的那个女生又用余光瞥了一眼温乔,长得秀秀气气,温温柔柔的,真是看不出来。

宋时遇抓住温乔的手:"以后我都陪你。"

前排两个女生都愣了愣,立刻反应过来她们好像搞错了。

两人齐刷刷地扭过头去。

这时一直在回微信消息的黎思意抬起头来,疑惑地瞥了她们一眼,然后对温乔说道:"我也能陪。"

姚宗说道:"人家秀恩爱呢,你凑什么热闹。"

前排两个女生又把头转回去,默默拿起手机。

"搞错了,大帅哥的女朋友居然不是大美女,而是旁边的温柔姐姐。"

"尴尬,我还以为温柔姐姐是绿茶,说话茶里茶气,原来她才是帅哥的女朋友。"

群里小姐妹问:"温柔姐姐漂亮吗?"

"挺漂亮的,感觉都没怎么打扮,很素,十分制能打六七分吧,但是帅哥是十分的顶级帅哥!"

"我现在就想问温柔姐姐是怎么追到这个大帅哥的。"

"我愿意花钱听。"

✶

电影很快开场了。

温乔提醒大伯戴上 3D 眼镜,然后也专心看了起来。

大伯完全被这新奇的世界吸引了,他也看不太懂剧情,但是极具冲击力的视觉效果让他如醉如痴,他牢牢地记着温乔交代他的话,即使激动得不行了,也不敢发出声音,特别激动的时候就偷偷捏拳头,还偷偷伸手去抓看起

第 33 章 酒后

来就在眼前的东西。

平安也看得很入神,不时发出小小的惊呼声。

一场电影看完,两人都有些意犹未尽,大伯甚至连脸上的眼镜都舍不得摘。

"大伯,电影好看吗?"黎思意笑着问他。

大伯激动地点点头:"好看!我喜欢看电影!"

温乔看到大伯这么高兴,她也觉得高兴,大伯跟奶奶一样,一辈子都待在那个小村里,没进过城,好多东西都没体验过,她现在有钱了,一定要带他和奶奶好好看看这个世界。

她又伸手揉了揉平安的小脑袋,他从小跟着她也吃了不少苦,以后她要让他们都过上好日子。

第 34 章
十一月三号

电影看完了,一行人把大伯和平安送回酒店后,就去了清吧喝酒聊天。

这座小城市也就这一个清吧,一走进去,店小,安静,吧台后只有一个三十来岁的胖乎乎的男老板,连服务员都没有,从点单、制作到上酒上菜,全都是老板一人包办。

这么朴实无华的一家店,却有一整个大酒柜,酒的种类繁多。黎思意和姚宗两人自己就是开酒吧的,于是考察似的在酒柜前徘徊研究,最后分别点了几种酒。

"老板,你这里酒还挺多的啊。"黎思意点完单以后,对老板说道。

她存着给老板多做点生意的心思,七七八八地点了近五百的单,对于这家有时候两天营业额都没有五百的小酒馆来说算是大单了,老板脸上的笑容也因此显得格外真诚,他笑呵呵地说道:"那是因为我自己喜欢酒,有的酒是我买来自己喝的,就算不喝摆在那儿也好看。"

他去酒柜里拿了黎思意点的酒,又利落地上了一套杯子,端上几盘小吃:"你们先吃着喝着,其他的我现在去弄。我们这儿还有桌游,你们要是需要,随时叫我。"他腰上还系着围裙,比起酒馆老板,看起来更像个厨子,把东西

第34章 十一月三号

放下后,就乐颠颠地回到吧台后面去给他们弄别的了。

姚宗一边拿起桌上一只漂亮的水晶杯赏玩,一边听着店里悠扬响起的钢琴曲,说道:"这老板还挺有品位。"

真是麻雀虽小却五脏俱全的一家店。该有的东西都有,而且喝酒用的杯子也颇为讲究。

黎思意补了一句:"还怪有情调的。"

穆清正慢悠悠地在这小酒馆里逛着,不时抬头或是弯腰在某处细看,偶尔还举起手机拍照。

温乔也觉得这家店莫名地能让人觉得舒服放松。

姚宗把酒开了,几人坐在一起喝着酒聊起天来。

黎思意喝了几口,就蹭过来抱住温乔的胳膊撒娇:"乔乔,你们准备什么时候结婚啊?我要先预定一个伴娘的位置。"说着还瞥了一眼穆清。

穆清抿唇一笑:"你放心,我不跟你抢伴娘,你想当就由你来当。"

姚宗说道:"我看别人结婚都有好几个伴娘伴郎,你们结婚也多安排几个不就行了,反正我肯定要当伴郎的。"

穆清挑眉:"我对当伴娘兴趣不大,不过如果小乔需要的话,就算我一个。"

宋时遇看向温乔:"这个你来定。"

温乔对穆清说道:"穆清,我希望你也在。"穆清一直陪在她身边,她结婚那一天,她当然希望穆清也能站在她身边。

穆清笑了笑,说道:"我说了,你需要我的话,我一定在的。"

温乔也对着她会心一笑。

黎思意看看穆清又看看温乔，刚有点要吃醋的意思，温乔就握住了她的手，望着她露出一个灿烂的笑，说道："我只有你们两个好朋友，希望我结婚的时候，你们都能站在我身边陪着我。"

黎思意马上就被哄开心了。

✱

晚上宋时遇只小酌了几杯，温乔倒是喝多了，是被宋时遇背回去的。

第二天她醒来时，发现已经日头高照了。

宋时遇正穿戴整齐地坐在窗边，只把窗帘拉开了一条小缝，就着那一线阳光看书。他的手指修长、白皙，在阳光下显出剔透又温润的光泽，像玉一样好看。

温乔趴在床上幸福地看着这一幕，想着，她这辈子的运气估计都用在宋时遇身上了。

宋时遇不经意地一抬头，就看到温乔不知道什么时候醒了，正痴痴地望着他。他合上书页，起身走过去："醒了？头疼不疼？"

温乔摇摇头："我昨晚是不是喝醉了？"

"你说呢？"宋时遇在床上坐下，把她脸上凌乱的发丝都往后拨去，露出她一张白净却微微有些浮肿的脸来，"酒量那么差还喝那么多，忘记上次的教训了？"

温乔理直气壮："那我喝的时候你为什么不拦我。"

宋时遇眉梢微挑："你以为我没拦吗？"

温乔汗颜。她自己都不知道自己是什么时候喝醉的，好像上一秒觉得还好，下一秒就不行了。

第34章 十一月三号

"那我是怎么回来的?"跟上次在酒吧喝酒一样,她完全不记得自己是怎么回来的了。

宋时遇说道:"我背你回来的。"

温乔:"那……这次我没吐吧?"

"没有。"宋时遇意味深长地停顿了一下,然后微笑着说道,"睡得很老实。"

其实温乔昨晚上睡得完全算不上老实。

他只预备着她吐,但完全不知道她会干出一些她平时不会干的事情来。比如他在浴室洗澡,她就冲进来非要跟他一起洗,把浑身都淋湿了,他不得不手忙脚乱地关水,先把她带出去,换一套衣服,再给她吹干头发,吹完头发把她哄到床上她也不老实,他只能无奈地在她视线范围里穿衣服,吹头发,然后上床带她一起睡。

一上床,她就往他怀里钻,八爪鱼一样贴在他身上,还一直嘀嘀咕咕地在他耳边说醉话,以至于后来他睡着了,梦里都是她的醉话。

但是他一点都没有觉得厌烦,反而觉得很受用。

他掐了掐温乔的脸:"快起来了,大伯和平安都在等你吃午饭呢,平安都问了我好几次了,奶奶也打了电话来问我们什么时候回去。"

温乔蒙了一下:"啊?吃午饭?几点了?"

宋时遇抬起手腕看了眼时间:"十一点四十。"

"怎么这么晚了!"温乔立刻从床上弹了起来,"穆清他们呢?已经走了吗?"

宋时遇说道:"他们已经回临川了。"

温乔掀开被子下床，跑到行李箱边上去准备拿衣服换，刚蹲下来就突然发现自己身上的睡衣似乎大了很多，袖子都盖过手背了，结果低头一看，她穿的居然是宋时遇的睡衣。

她僵了一下，努力回想昨晚的相关记忆，但是失败了，不过很明显，这衣服是宋时遇给她换的，问题是……

"我怎么会穿着你的睡衣？"温乔扭过头问站在那里的宋时遇。

宋时遇："你的睡衣湿了。"

温乔疑惑地问："我的睡衣为什么会湿？"

宋时遇微笑："因为你昨晚在我洗澡的时候穿着睡衣跑进来。"

温乔："……"

换好衣服，他们在酒店餐厅吃了顿午饭。

大伯吃什么都觉得好吃，特别是冰激凌和饭后的小蛋糕，他一人就吃了两份，吃得很开心。但是吃完之后，知道要回去了，又很舍不得，显然这个小城市已经是他有生以来到过的最繁华、最热闹、最好玩的地方了，以至于在回去的路上他都有点闷闷不乐，一直扒着车窗，看着外面有别于老家的街景建筑。

平安还是一如既往地沉稳。

温乔见大伯这个样子，扭过头去跟他说道："大伯，很快你就能去临川，跟我和平安一起住了，临川比这里要大得多，也漂亮得多。"

大伯立刻眼睛一亮，兴奋地说道："真的吗？我可以跟你还有平安一起住吗？"

显然温乔和平安在他心里的重量远重于临川这座城市。

第34章 十一月三号

温乔说道:"当然啦,不过还要再等几个月,等我都安排好了,就回来接你。"

大伯满脸期待地问:"几个月是多久啊?"他和小孩一样,对时间的概念是完全不清楚的。你如果把几小时当成是几分钟说给他听,他也是完全信的。

温乔说道:"很快。"

大伯问:"那是明天吗?"

温乔说道:"明天我们还在老家呢。"

大伯又问:"那是明天的明天吗?"

温乔笑着说道:"久一点。"

大伯向前趴在副驾驶座的靠背上:"那是明天的明天的明天吗?"

温乔说道:"还要再久一点。"

大伯有点泄气:"那要好久好久。"但很快他又有了新的问题,"妈呢?妈跟我一起去吗?"

温乔说道:"当然了,我们一家人都在一起。"

大伯又看了一眼宋时遇:"那小时遇呢?小时遇跟我们在一起吗?"

宋时遇勾了勾唇,显然对大伯能够在这么重要的时刻记得他而感到欣慰。

温乔却起了坏心,笑着瞥了宋时遇一眼,说道:"不知道他愿不愿意跟我们一起住呢。"

大伯信以为真,眼巴巴地看着宋时遇说道:"小时遇,你愿意跟我们一起住吗?妈说你跟乔乔结婚了,就是我们家里的人了。你跟我们一起住吧,我很乖，会做饭，还会干活。"

宋时遇被大伯这段真挚的话给打动了，郑重其事地说道："大伯，我很愿意跟你们一起住。"

大伯立刻喜笑颜开，高兴得几乎要从车座上蹦起来，还凑过去跟平安分享这个好消息："平安，小时遇以后跟我们一起住。"

平安点了点头。他在大伯的衬托下显得格外稳重。

温乔和宋时遇默契地相视而笑。

车厢里流淌着温馨快乐的气氛。

✦

温乔在路上交代大伯，让他对奶奶保密。

大伯向她保证自己不会说。他记性不好，但是对温乔交代的事情，他总是非常认真，会牢牢记住。

等回到老家，只有他们两个人后，宋时遇才向温乔表明了不解："为什么不告诉奶奶？想给她一个惊喜？"

温乔摇了摇头，说道："我现在告诉她，她肯定是不愿意的，所以我想等把临川的一切都安排好了再告诉她，到时候她说什么都没用了。"

在离开前，温乔还特地带着宋时遇和平安去了一趟表姑家，虽然订婚宴上表姑也来了，但是温乔分身乏术，都没能好好跟她说话。

表姑并没有因为陈珊珊的事情对温乔生出什么芥蒂来，她自己的女儿自己心里知道，她还是一如既往地热情和善，见他们过来，笑得合不拢嘴，招待他们坐下以后，又是倒茶又是端果盘地忙进忙出。

看到表姑的时候，温乔不禁在心里感慨，表姑和表姑父都是勤快和善的

第34章 十一月三号

人,也不知道陈珊珊怎么就一点都没有遗传到这些好品质。

他们在表姑家坐了一会儿,走的时候,温乔趁着表姑去里屋准备回礼,把提前包好的红包压在了桌上的果盘下。

大伯很舍不得他们走,一直把他们送到高铁站,又再三叮嘱温乔一定要早点回来接他,最后站在站外一直依依不舍地看着他们离开的方向。

而平安第一次对老家和老家的人生出几分不舍来。

✳

回到临川,已经是晚上了,宋时遇先带着温乔和平安去吃了顿晚饭,然后才把温乔送回店里。

温乔没让他和平安跟她一起进店,让他们先回去了。

晚上七点多,店里已经坐了不少人,温华正站在炉灶前炒花甲,刘超带了个小男生在烧烤档前热火朝天地忙着,周敏也带了个女生在里面忙活着,一幅热闹景象。

刘超是最先看到温乔的人,他高兴地喊了声:"温乔姐!你回来啦!"

温乔今天要回来的消息没告诉店里的任何人,所以他们看到温乔都很是惊喜。

温乔手里还拎着几袋东西:"给你们买了吃的,一人一袋,你们晚上带回去吃。"这是她刚刚吃完饭专门去一家很有名的点心店买的,各样都买了一些,店里新来的两个人的份儿她也给准备了。

"谢谢温乔姐!"新来的两个员工平时没少听温华他们提起温乔,都有些好奇地偷偷看她,很意外老板居然这么年轻好看。

温乔把他们叫过来,温和地说道:"你们两个就是新来的吧,叫什么名字啊?"

两人分别说了自己的名字,在温乔面前,他们显得有些拘束。

温乔笑着点了点头,就让他们去做事了,然后她在店里转了一圈,检查了店里的各个角落,包括卫生情况,食材的新鲜度和库存,检查完了以后才跟一边炒蛋炒饭,一边紧张地偷偷瞥她的温华说,炒完了这份去后面找她。

"温乔姐,你可回来了!"温乔回来,最高兴的就是温华了,他已经从妈妈那儿知道了温乔和宋时遇订婚的事,很为温乔感到高兴。而且温乔不在店里,他总觉得少了主心骨。

温乔笑着说道:"我刚才检查了一下,店里各方面都做得挺好的,没有辜负我对你的期待。"

温华挠了挠头:"我都是按照温乔姐你教我的去做的。"

温乔说道:"以后也要这样,不要做得时间久了就松懈了,无论什么时候,卫生、食材的新鲜度和菜品的味道都是最重要的,只要做到这些,这家店就可以长长久久地开下去。"

温华认真地点点头:"我知道了,温乔姐。"

温乔说道:"你做得很好,再过几天,我就在店里正式宣布,让你当店长。"

温华又嘿嘿笑了几声:"谢谢温乔姐。"

这小半个月的历练让他对自己又多了几分信心,再加上有什么不懂的能随时问温乔,他也多了许多底气:"我一定会努力好好干的!"

温乔笑了笑,说道:"我知道,我相信你。"

第34章 十一月三号

温华突然说道:"对了温乔姐,我还没恭喜你呢!恭喜你跟时遇哥订婚,嘿嘿。"

温乔心里还有点害羞,开玩笑地说道:"不是在微信上恭喜过了吗?"

温华说:"见面的时候还是要再说一次的嘛。"

这时周敏来后面叫人了:"小华,要炒两份大份的蛋炒饭!"

温华看向温乔:"姐,那我先去忙啦。"

温乔笑着点了点头:"去吧。"

温华就到里面忙去了。

温乔松了口气,她在老家的时候一直担心店里会出什么纰漏,这十几天,也算是对温华的一个考察期。好在温华没有辜负她对他的期待,这几个月她有好多自己的事情要忙,没有办法拿出太多精力投入到店里,现在看来,可以放心地把店交给温华管了。

※

宋时遇想把婚礼定在十一月三号。

日期精确到让温乔有些困惑,她问宋时遇,宋时遇却冷笑了一声说道:"就知道你不会记得,那是你跟我表白的日子。"像极了结婚后抱怨她忘记结婚纪念日的样子。

温乔心虚地说道:"这种日子谁会记得啊。"她对数字本来就极度不敏感。

宋时遇微笑:"我就记得。"

温乔:"……"

宋时遇还不放过她:"那我再问你,你记得我们第一次见面是哪一天吗?"

温乔绞尽脑汁地想了好一会儿,犹豫着说道:"……我只记得是暑假了。"

宋时遇露出一个"和善"的微笑:"是八月二十九号,还有三天开学。"

温乔干笑两声:"哇!这你都记得,你记性真好。"

宋时遇还是微笑:"跟记性好不好没有关系,跟有没有用心有关系。"

温乔:"……"她就不该问。

※

十一月距离现在只有不到三个月的时间,还是挺紧张的。

而且中间还要准备在临川的订婚宴。

不过这些都由骆文玉包办了,温乔和宋时遇只需要在一些重要事项上做决定,以及出席就好了。

订婚宴当天,穆清为了让温乔惊艳亮相,特地请了圈里的一个明星化妆师来给温乔化妆,甚至还自己花钱给她买了一件很贵的礼服,说就当是送给她的新婚礼物。

温乔也没有浪费穆清在她身上花的心思,当天晚上的订婚宴上,一袭水蓝色的礼服衬得她乌发红唇、肤白胜雪,就算站在宋时遇身边,也莹莹地散发出属于自己的光芒。

就连姚宗都上上下下打量了她好久,说差点认不出她了。

骆文玉也对温乔当晚的表现和打扮十分满意。她本来还有点担心温乔和宋时遇看起来不相配,会被人指指点点。

没想到倒是有不少人真心实意地来恭喜温乔。可能是因为她的美很温和,没有侵略性,让人看了觉得顺眼舒服,就对她生出了几分好感。

直到那天温乔也没能见到宋时遇的爸爸,听骆文玉说是因为在海外赶不回来。但温乔隐约能够感觉到那大概只是借口,宋时遇的爸爸显然对这桩婚

第34章 十一月三号

事是很不满意的。但是她也没有放在心上，她现在已经不再像当初那样患得患失了，宋时遇已经给了她足够的安全感。

订婚宴之后还要拍婚纱照。穆清用自己的人脉给温乔和宋时遇请了业内很知名的摄影师来拍摄，化妆师请的也是她熟悉的一位老师。

拍婚纱照那天早上五点就要起床化妆，接着拍了一整天的外景，又晒又热，温乔一直是个体力不错的人，都感到精疲力竭，忍不住抱怨了几句，宋时遇却全程半点不耐烦都没有，还给她举着小风扇吹风。

跟妆的化妆师都忍不住羡慕地跟温乔说，宋时遇是她从业这么多年，见过的最有耐心、最体贴的新郎，更重要的是，他还是最帅的。

照片还没有洗出来之前，宋时遇就要了几张没有经过后期处理的照片，存在了手机里当壁纸。

后来照片洗出来，温乔看着婚纱照里的宋时遇和她，俨然一对天作之合的璧人。

黎思意拿到照片以后，感叹自己以后结婚也要找这个摄影师。

拍完婚纱照后，温乔休息了几天，然后就开始试婚礼上穿的婚纱了。黎思意说，新娘子的婚纱在结婚前一定不能让新郎看到，要在婚礼当天狠狠地惊艳他。于是她顺理成章地抢了宋时遇的位置，每次温乔试婚纱都是她陪同。

穆清太忙，但也来过一次，还帮温乔定下了敬酒服。

宋时遇也没闲着，改装新房以及对接婚庆公司这些事都是他在做，骆文玉试图干涉都失败了。

就在这种忙碌的状态中，十一月三号那天终于要来了。

第 35 章
"我人生中所有的幸运都用来遇见你了。"

婚礼将近,事情也是千头万绪的。虽然是宋时遇一直在负责婚礼的筹备,但是很多细节也需要她来点头,比如婚礼现场布置的花艺风格和颜色,喜糖的规格,还有她这边的亲朋好友要请哪些人等。

这段时间,婚庆公司一番接触下来,反而觉得跟温乔打交道更轻松一些,主要负责与新郎新娘对接的婚礼设计师都忍不住跟温乔吐槽,说她入行这么久,还是第一次见到新郎比新娘还要上心,对什么都要精益求精的。

她会跟温乔吐槽,也是因为她发现温乔实在是个性格很好的人,这让她渐渐卸下了防备。不管遇到什么事,温乔从来都是不慌不乱、不急不躁的,不会先责怪别人,而是立刻想解决方法,而且脾气也好,和温乔待久了,她急躁的脾气都被影响得和缓了许多。

她很快就喜欢上了这个客户,也很快就明白了为什么看起来那么高不可攀的宋时遇会这么喜欢温乔。温乔就是有种魔力,和她在一起就会情不自禁地被她影响,感觉特别心安和平静。

宋奶奶、奶奶和大伯到了临川后,宋时遇和温乔在高铁站接上他们,把他们送到了酒店。

第35章 "我人生中所有的幸运都用来遇见你了。"

奶奶和大伯一辈子都没有来过这么远的地方,而宋奶奶已经十几二十年没有回来了,再踏上这片土地时,也不免感叹临川这座城市真是日新月异,变化巨大。

宋奶奶和奶奶毕竟年纪都大了,坐了四个多小时的高铁后,她俩已经很疲惫了,于是在酒店吃了点东西,下午就直接休息了。

而大伯则兴奋得很,没有一点疲态,迫不及待地想要出去玩。

宋时遇公司下午还有会,温乔让他先回公司,她带着大伯和平安去四处逛逛。

宋时遇打电话给他们安排了车和司机接送加看护。毕竟大伯就像个孩子一样,而且比平安更加活泼,就怕他到处乱跑。温乔一个人要看两个孩子,宋时遇不放心。

但事实上大伯是第一次来这种大城市,心里有点害怕,他从来没有看过那么高的楼,那么多的人,那么多的车,对他来说,一切都是新鲜的、陌生的,走在路上,他两只眼睛都不知道该往哪里看才好,只好小心翼翼地紧紧跟在温乔身边,一步都不敢往别的地方迈。

后来被温乔带进商场里的游乐场玩时,他才放开了,从高高的滑梯上滑进海洋球里,兴奋地哈哈大笑,比平安玩得还开心。

像是被他这种快乐的情绪影响,平安后来也放开了,一大一小都玩得满头是汗。随即倒是引来了不少诧异的目光,毕竟在外人眼里,大伯是个十分俊秀的中年男人,却和一个小孩在游乐场里玩得不亦乐乎。

大伯还很爱喝奶茶,他先试喝了一口,然后就瞪大了眼睛,捧着奶茶一口气就喝掉了半杯。但是只剩下小半杯时,他就开始舍不得了,只敢小口小口很珍惜地喝。一边喝，一边还不停地感叹这是他喝过的最好喝的东西。

晚饭时，温乔带大伯和平安在外面吃了炸鸡，大伯又再次感叹炸鸡是他吃过的最好吃的东西。他还不忘照顾平安，鸡腿也先拿给平安。

温乔拿纸巾把坐在她旁边的平安嘴角边上沾上的酱汁擦去，然后又抽了一张纸巾让大伯自己擦嘴，笑着说道："还有比这更好吃的东西呢。"

平安喝了一口可乐，说道："上次姐夫带我去吃的那家炸鸡也很好吃。"

大伯惊讶地睁大了眼睛，然后感叹了一句："临川可真好啊。"

温乔说道："那大伯以后留在临川，和我们一起住好不好？"

大伯毫不犹豫地用力点头，眼睛亮晶晶的，过了一会儿，他又有些忧虑地说道："那家里的鸡鸭这么办？没有人喂它们了。"

温乔笑着安慰道："放心，会有人喂的。"

大伯又问："那我们住在哪里啊？还住在酒店里吗？"

温乔笑了笑，说道："以后我们会有自己的家。"

大伯这才放心了，继续啃他的炸鸡："那就好，妈说住酒店好贵好贵的。"

宋奶奶和奶奶下午休息够了，晚上温乔就带她们和大伯一起去了店里。

"哎哟，这生意还真是挺好的啊。"宋奶奶看着店门外已经排起来的队伍，笑着感叹道，"你看，还有不少人排队呢。"

温华看到奶奶、大伯还有宋奶奶这些老家的人，也很高兴，趁着有空，就跑过来陪他们说话："现在生意还不是最好的时候呢，九点以后，排队的人会越来越多。"

谢庆芳店外面空地方多，她还匀了一块地方，摆了凳子给温乔店里排队的人坐。

第35章 "我人生中所有的幸运都用来遇见你了。"

奶奶看到店里的生意这么好，脸上也露出了欣慰的表情。她走路不利索，宋时遇给她买了根特制拐杖，很轻，但是支撑力却很强，还可以折叠，她很喜欢，出门都带着，现在走路也不用边上人扶了。

他们进店后，还尝了尝店里的烤串，奶奶只吃了两串，宋奶奶倒是吃得停不下来，特别是对烤羊肉串赞不绝口，说是让她想起年轻的时候去内蒙古吃过的羊肉串了。她口味也跟年轻人的一样，喜欢麻辣鲜香的。

大伯就没有不爱吃的口味，他左手右手都抓着串，吃得很香，于是温乔打包了两份烤串和两份花甲，给他们带回酒店吃。

第二天一大早，温乔又带着一家人连同宋奶奶一起出门了，还是由宋时遇安排的司机负责接送和陪同。

晚上宋时遇过来陪他们一起吃了个饭。两个老太太今天在外面待了一天，却不见疲态，反而精神奕奕，兴致高昂，在饭桌上有说有笑。

奶奶说道："这城里的高楼大厦，我走在下面都有点害怕，那路上的人和车都能把人的眼睛给看花了。"

宋奶奶也笑着说道："是啊，我以前住的那块儿房子都拆了，建了好高的楼，要不是今天乔乔带我去，我自己一个人，恐怕要在这待了几十年的临川迷路了。"

奶奶笑呵呵地说道："人老了，还能到这大城市里来看一回这一辈子都没看见过的热闹，死了也能闭眼了。"

"奶奶！"温乔皱起眉来。

奶奶忙笑着拍拍她的手。

温乔嗔怒道："别胡说，您跟宋奶奶都要活到一百二。"

宋奶奶听了爽朗大笑道:"哈哈哈,我要是能长命百岁也就够了,可不能太贪心。"

奶奶也被逗笑了,握着宋奶奶的手说道:"好,那我们两个老姐妹就一起活到一百岁,一起来,再一起走。"她们是同一年出生的,前后也就差三个月。

温乔也跟着笑起来,可笑着笑着,她忽然想到了一个很严重的问题就笑不出来了。

宋时遇似乎察觉到了,他先是疑惑地看了她一眼,然后靠过来,低声问她:"怎么了?"

温乔摇摇头,也小声说道:"回去说。"然后她脸上重新露出笑容,去跟奶奶说话。

✳

吃完饭,把宋奶奶、奶奶还有大伯都送回酒店,温乔和宋时遇在那儿陪了一会儿,就被奶奶赶走,让他们早点回去休息,平安被大伯留了下来。

温乔和宋时遇两人下楼离开。等到了车上,宋时遇才问她:"吃饭的时候你怎么了?"

温乔叹了口气,说出了自己的忧虑:"我是觉得奶奶跟宋奶奶这么多年相伴着习惯了,她们感情这么好,奶奶怕是不愿意来临川跟我一起住。"

宋时遇沉思了一下,说道:"奶奶在乡下待了一辈子,突然让她离开故土到陌生的城市来,她不愿意也很正常。但你也不用太失望,如果奶奶真的不愿意跟我们一起住,那我们也能偶尔把奶奶接过来小住,等她想老家了,我们再送她回去。"

温乔听了他的话,心里顿时好受多了。她一开始把一切都想得太简单了,只希望一家人能住在一起,可是现在想想,如果奶奶一直留在临川,未必会过得开心。

但是一直计划得很好,并且为之付出了很多努力的事情,突然发现可能行不通,她心里还是有些失落和沮丧。

这时,宋时遇在她头顶上揉了揉:"有时候,一家人的心在一起,就不在乎是不是住在同一个屋檐下。而且现在的网络和交通都那么发达,如果想她了,你随时可以联系奶奶,我们也可以随时回去看她。今年年底我们把老家的房子翻新一下,再添置一些家电,让奶奶能住得更舒服。你觉得呢?"

温乔抓着他的手,放到脸颊边蹭了两下,眼睛里闪着晶亮亮的光:"我觉得你真好。"

宋时遇似笑非笑地掐了把她的脸:"你才发现?"

温乔摇了摇头,清亮的眸子一眨不眨地望着宋时遇,认真地说道:"我早就发现了。宋时遇,我人生中所有的幸运都用来遇见你了。"

宋时遇被这句话的分量给震到了,他看着温乔清亮的眼睛,心口微微发烫,此时此刻,他只有温柔地轻抚她的面颊,随即倾身过去吻住她。

把他所有想说的话和心意都寄托在这个温柔的吻里。

✻

十一月三号中午,温乔和宋时遇的婚礼在临川的五星级酒店如期举行。

请柬上印着:宋时遇最喜欢的一张照片,结束了一天的婚纱照拍摄,温乔和宋时遇两个人都很累了,在倒映着夕阳的湖边吹着晚风坐着休息,他们互相依偎着。摄影师觉得这幕很美好,当时捕捉了下来。

因为温乔结婚，她的烧烤店里特地张贴了大海报：老板结婚，全场八折！

中午的外卖暂停营业一天，因为店里的员工都被邀请去参加婚宴了。温乔还特地嘱咐，店里的员工不用包红包，让温华直接带着他们。

温乔也给谢庆芳发了请柬，谢庆芳表示一定带着贺灿来参加。

因为到时候还要去老家那边办酒，所以就没有再让亲戚们长途跋涉地过来。

婚礼开始前，宾客们陆陆续续地到了，纷纷找到自己熟悉的人聊天，聊天的内容自然都是关于今晚这对新人的。

宋时遇公司派的几个代表都有点被婚礼现场的布置给震住了："这也太梦幻了吧！"

几个女同事已经按捺不住激动的心情，开始全场拍照、拍视频，还在公司同事群里同步直播。

这几天公司茶水间里最大的话题就是：宋总的妻子。

大家都想知道到底是哪位仙女下凡才能俘获宋时遇的心。

有人找姚宗打听，姚宗笑着说道："急什么？等到婚礼你们不就能看到了。"

又有人问："姚总什么时候解决终身大事啊？"

姚宗挑挑眉："我是高贵的不婚主义者，不知道啊？"

说起来，自从知道宋时遇要结婚了，不晓得为什么，他心里有种空落落的感觉。坚定的不婚主义者忽然没那么坚定了。

第35章 "我人生中所有的幸运都用来遇见你了。"

宋奶奶是主婚人。

她在宋家亲戚中很有威望,宋家的亲戚都纷纷过来和她打招呼,也问些新娘子的情况。

宋奶奶觉得她算是这桩婚事的大媒,所以今天很是高兴,对着谁都是笑吟吟的:"新娘子是我看着长大的,是最好的孩子。"

宋奶奶说好,那当然是好的。虽然他们都听说了新娘子家里的情况,暗地里也都议论过,不过谁也不想在宋奶奶面前自讨没趣,都配合地说起好话来,气氛倒是一片和谐。

婚礼现场一派热闹景象,新娘子的房间里也是一样。

温乔昨晚就睡在酒店,早上五点半就起来化妆了,穆清特地提前预约了上次那个化妆师的档期,让她今天过来给温乔化新娘妆。因为上次拍婚纱照试过好几次妆,所以知道什么样的妆容才是最适合温乔的,这次就省事了不少。

穆清和黎思意都在早上六点前就来了,伴娘也有很多事情要做。

穆清作为制作人,控场能力自然没得说,婚礼现场发生的各种状况都是她在处理,看起来温乔就只需要安安心心地准备上台了。

可事实上温乔现在却是一点都不安心,她正坐在凳子上背等会儿在婚礼上要说的话。这段话是她昨天晚上绞尽脑汁写出来的,结果今天背了一早上也背不下来。主要是因为紧张,心脏一直突突乱跳,脑子也昏沉沉的,总有种不真实的感觉。

她坐在这里,身上穿着梦幻般的华丽婚纱,她居然真的要跟宋时遇结婚了。

"背好了吗?"穆清从外面推门进来,见温乔还在拿着那篇稿子发愣,忍不住从她手里拿过来,然后揉成团丢进了旁边的垃圾桶里。

温乔愕然地看着她:"穆清!"

旁边的黎思意也呆了一下:"你干吗呀?"

穆清挑眉:"别说你现在记不住,就算记住了,上台后你肯定也是脑子一片空白。"

温乔张了张嘴,发现自己无言以对。

穆清说道:"所以啊,别费这个精力了,越背越紧张。你放松地休息一会儿,等会儿上了台,就说你想对宋时遇说的。"

温乔听了,反而松了口气,肩膀也放松地沉了下去,脸上露出一个笑容:"你说的也是。"

穆清用恨铁不成钢的语气说道:"就结个婚,把你紧张成这样?"

温乔干笑两声:"我第一次嘛。"

穆清被她逗笑了:"怎么?你还想有第二次?"

黎思意瞪她一眼:"结婚呢!怎么说这种话!"

黎思意虽然总是喜欢跟穆清拌嘴,但穆清并不讨厌她,反而觉得她有时候还挺可爱的。这会儿被她瞪了,穆清也只是包容地一笑,然后对温乔说道:"别紧张,等会儿我们都在,都陪着你。"她握住温乔的肩,微微用力捏了捏。

黎思意少见地没有跟穆清拌嘴,说道:"就是,有什么好紧张的,我们都在呢。"

她们两个都穿着淡蓝色的伴娘服,款式都是自己商量着挑的,站在新娘身边，不会抢了新娘的风头，却也大方得体。

黎思意甚至专门化了个相较平时要素淡不少的妆容，但依旧十分美丽。

温乔看着她们，心里安定了不少，想到自己能够有她们这两个好朋友，心中感动之余，不禁握住她们两个的手，对她们温柔地笑了笑。

就在这时，她发现了门口一颗探头探脑的小脑袋。她立刻笑了，对他招招手："贺灿，进来。"

正在门口偷看的贺灿被抓了个正着，他有些不好意思地蹭进来，顿时惊得张大了嘴巴，只见温乔端坐在一团洁白如云朵般的婚纱中，笑眼弯弯，一头乌黑长发盘起，圣洁的白纱自头顶披洒而下，朦胧地垂在她的身后，她周身仿佛都笼罩着一层清美柔润的光。

贺灿愣愣地走到温乔面前，一对黑溜溜的眼珠子黏在她身上，平时的机灵劲都不见了，傻乎乎地说道："温乔姐姐，你今天好漂亮，好像仙女啊。"

温乔笑了起来："谢谢，你妈妈和哥哥来了吗？"

贺灿点点头："他们在前面，我自己一个人跑出来了。姐姐，平安呢？怎么没看见他啊？"

话音刚落，平安就从里面出来了，他穿着一身黑色小西装，脖子前还绑着红色小领结，头发也用摩丝全都往后梳好了，满身贵气，简直就像是一个英俊的小王子。

贺灿看到这样的平安，眼珠子都快掉下来了，有点不敢过去。

倒是平安走过来问："你在找我吗？"

贺灿说话都有点磕巴了："平安，你、你怎么穿成这样啊？"

平安一本正经地说道："我是姐姐的花童。"

黎思意扑哧笑了一声。

平安蹙起了秀气的眉毛，抬头看向黎思意。

黎思意此地无银三百两地说道："对不起啊平安，我不是笑你。你今天真是太帅了，小心抢了你姐夫的风头。"

话音未落，一个小女孩从平安刚才出来的房间里跑了出来，嘴里还撒娇似的抱怨着："平安哥哥！你怎么不等我呀！"

小女孩是宋时遇一个堂妹的女儿，比平安还要小两岁，长得非常可爱，她是今天跟平安配对的小花童，穿着蓬蓬的白色公主裙，头顶上还戴着一个花环，像个小天使。

她嘟着小嘴巴来到平安身边，好奇地看了贺灿两眼，问："你是谁呀？"

贺灿看到他们两个人站在一起，简直就像是童话里的小公主和小王子，再看看自己身上的T恤和短裤，突然有点酸溜溜的，还有种隐隐的危机感，好像自己的好朋友要被抢走了，他立刻大声地"宣示主权"："我是平安最好的朋友！"

小女孩"哦"了一声："我也是平安哥哥的好朋友，我叫赵晓彤。"

贺灿不满地说道："你今天才认识平安，怎么就是他的好朋友了，平安只有一个好朋友，那就是我。"

小女孩人小鬼大："你难道没听说过一见钟情吗？"

温乔她们听了，顿时都忍俊不禁。

贺灿脸都涨红了，还有点委屈，只能可怜巴巴地看着平安，希望他能出来给他主持公道。

平安"沉稳"地说："她还是个小孩，你别跟她争。"

贺灿立刻又翘起了尾巴，对小女孩说道："对，你还是个小孩，我才不跟你争！"

小女孩顿时急了："我才不是小孩！"

黎思意终于忍不住扑哧一声笑了出来。

这时婚庆公司负责对接的小李赶了过来，说道："快到时间了，准备过去吧。"

穆清笑着向温乔伸出手："来吧，新娘子。"

温乔看了看她们俩，深吸了一口气，然后握住了穆清的手，缓缓站起身来。

第 36 章
捧星

温乔婚礼上父亲的位置由大伯代替。

温乔远远地看着一身西装革履的大伯像白杨树一样立在婚宴厅紧闭的大门外,真的就如她的父亲一般等在那里,忽然眼眶一热。她从小没有父母,可是她不缺爱。无论是奶奶还是大伯,都无私地爱着她。大伯虽然性格像个小孩,却总是像个长辈一样爱护她。

她小的时候,大伯每天都要接送她上下学,后来被一些调皮捣蛋的男同学知道了他的智力缺陷,就编出话来笑温乔。

温乔在心里是把大伯当成父亲看待的,所以格外忍受不了别人轻视他、嘲笑他。她常常跟那些嘲笑大伯的人打架,有的时候一直追打到田里,滚得一身泥。每次她跟人打架,大伯都急得团团转,抓着她的手说:"不打架,乔乔,我们不打架。"

他是最温和的人,胆子也小,从来不大声说话,更别说跟人吵架打架了。后来就因为有个小男孩跟温乔打架,让温乔在马路上摔了一跤,把膝盖蹭破了,大伯气得直掉眼泪,把那个小男孩狠狠地揍了一顿。

再后来,那小男孩的奶奶还带着他来家里兴师问罪,奶奶听温乔说了

第36章 捧星

前因后果之后,反倒是把那小男孩和他奶奶都给狠狠骂了一顿,最后他们灰溜溜地回去了。奶奶还买了两个冰棍回来奖励温乔和大伯,说他们做得好。

所以温乔从小到大,吃过苦、受过穷,但唯独没有受过委屈。奶奶总说温乔是在苦水里泡大的,可温乔觉得自己很幸福。

这时,大伯也发现温乔来了,他远远地冲着她咧开了一个大大的笑容。刚才那种看起来是正常人的假象一下子就破灭了,又像个孩子了。

温乔也笑,还对他挥了挥手里的捧花。

她走过去,轻轻挽住他的手,大伯冲着她笑得更开心了。

婚礼的流程都是事先排练过的,只是当时没有穿婚纱和西装,台下也没有宾客。

穆清上来帮温乔把面纱翻过来遮住脸。

温乔对她笑笑,然后面对着大门,深深吸了一口气。

大伯听到她吸气的声音,忽然抬起另一只手在她挽着他的手上轻轻拍了拍,小声说道:"别怕,乔乔,大伯陪着你。"

就像小时候第一次送她去幼儿园,他也是这样说的:"别怕,乔乔,大伯就在外边陪着你。"那天他真的在幼儿园大门口蹲了一整天,一整天都没吃东西,一直等到她放学。

温乔仰起脸,隔着面纱对着大伯笑了笑:"大伯,有你在,我不怕的。"

"准备了。"小张提醒道。

就在这时,悠扬浪漫的钢琴曲前奏从婚宴厅里传来,大门缓缓开启,温乔挽着大伯的手,在婚宴厅所有宾客的注视中缓缓走进大门,走上红丝绒地毯，在两侧的花海中一步一步走向正等在红毯尽头的，她的新郎。

平安和晓彤两个小花童各拎着一个小花篮，跟在他们身后撒花瓣。

温乔原本安定的心在看到穿着黑色西装，胸口别着香槟色的花簇，笔直地立在尽头等着她的宋时遇时，突然再一次紧张起来，怦怦乱跳。

她看见他站在那里，在梦幻迷人的灯光下，他好看得令人眩晕，仿佛是俊美尊贵的神明站在那里，等着迎接他的新娘。

像是踩在云里，她就这么走到了他的面前，看着他微笑着向她伸出手，她几乎迫不及待地想把自己的手放进去，可是按照婚礼的正常流程，她只能等着大伯小心翼翼地把她的手交到他的手中。

宋时遇接住她的手，然后紧紧握住，他忽地笑了，目光灼灼地望着她。

温乔本来还有些紧张，见他这么一笑，心里一下子定了下来，情不自禁地也跟着他一起笑了，两人隔着朦胧的面纱笑望着对方。

主持人问宋时遇："新郎，你愿意娶现在站在你面前的这个女人吗？不管生老病死贫穷富贵，你都愿意和她在一起，永不分离吗？"

宋时遇凝视着温乔："我愿意。"

主持人又问温乔："新娘，你愿意嫁给现在站在你面前的这个男人吗？不管生老病死贫穷富贵，你都愿意和他在一起，永不分离吗？"

温乔望着宋时遇微笑："我愿意。"

奶奶在台下，笑着用纸巾擦了一下眼角的泪水。

主持人："现在请新郎新娘交换戒指。"

平安端着装着戒指的小托盘上台。

两人分别为对方戴上婚戒。

第36章 捧星

主持人笑道:"现在新郎可以亲吻新娘了!"

婚宴厅顿时沸腾了。

宋时遇掀开了遮挡在温乔脸庞前的面纱,在宾客们的欢呼鼓掌声中低下头,深深地吻住了他的新娘。

温乔尝到他嘴里的酒味,她想,原来宋时遇也并没有她想象中的那么淡定。

她后来完全忘记了自己在台上跟宋时遇说了些什么,当时大脑一片空白,只能临场发挥,想到什么说什么,台下好像还哄笑了两次,宋时遇也笑了。

她混乱地感谢了很多人。那些一直爱她、陪着她的人。

宋时遇始终温柔地牵着她的手,在她紧张的时候握一握她,清冷的眼也始终含笑注视着她。

最后他做了总结陈词:"我的新娘说,她用了这辈子所有的好运气来遇见我,我想说,我也会用这一生告诉她,我绝对是物超所值。"

温乔望着他,眼睛亮晶晶的。

"新娘子好漂亮啊!"不少人发出这样的感叹。

今晚的温乔浑身都散发着温婉清美的气质。

温华他们都看得呆了,简直不敢相信台上仙女一样的女人居然是那个在店里熟练颠勺的人。虽然温华一直觉得温乔很好看,但是却不同于这种惊艳的好看。

谢庆芳也忍不住说道:"温乔这么打扮起来真是漂亮得不得了!以前别人说女孩子穿婚纱的时候最漂亮,我还不信呢。"说着又有点唏嘘起来,"我年轻的时候就没穿过婚纱，穿了件红大衣就跟你爸结婚了。"

贺灿好奇地问："为什么啊妈？你为什么不穿婚纱？"

谢庆芳说道："那得问你爸去！"

她说完，又看了眼旁边的贺澄，他一直在很认真地看着台上。

她心里还是有点遗憾的，她当时其实也看出来贺澄对温乔有那么点意思，但是考虑到温乔的学历，还有家庭情况，她心里总觉得要配贺澄，是有点配不上的。

但是现在想想，她其实是很愿意温乔给她当儿媳妇的。特别是温乔那一家人，不管是生病的奶奶，还是智力有缺陷的大伯，看起来都并没她想象中那么狼狈和不体面，更别说平安还那么聪明，温乔也是挑不出什么毛病来。

可惜，说什么都晚了。

婚礼进行到一半，穆清还给了温乔以及现场宾客一个惊喜。

她用自己的人脉，请了从一线到三线十几个明星录了VCR，祝温乔新婚快乐，甚至还有刚刚走红的流量明星。

在大屏幕上播放的时候，宾客们连连发出惊呼声，都惊讶于新娘子居然有这种人脉，要不是因为那些明星叫了温乔的名字，他们都要怀疑这是在网上找的视频了。

温乔自己也很惊讶，然后很快就看到了人群中正望着她笑的穆清。

"谢谢你。"她隔空对着穆清做了个口型。

穆清笑着对她潇洒地飞了一个吻。

婚礼的最后，温乔背对着人群抛出了手里的捧花。

第36章 捧星

穆清眼看着捧花冲着自己飞了过来,立刻伸手一打,无比精准地让它落进了旁边黎思意的怀里。

黎思意一脸呆滞地抱着捧花,半晌,对着穆清幽幽地说道:"我谢谢你啊……"

穆清笑得一脸和善:"不客气,这是我应该做的。"

宋时遇微笑道:"你不是说也想穿婚纱吗?看来你很快就能如愿了。"

温乔也忍不住笑了。

黎思意:"……"

她忽然感觉到一道灼热的视线黏在她的身后,一转头就看到人群中的周秘书正温柔地注视着她,见她回头,周秘书怔了怔,随即冲她微微笑了一下,她也不知怎地忍不住也跟着笑了起来。

✦

在婚礼上是温乔第二次见宋时遇的爸爸。早上接亲的时候,她给宋时遇的父母敬了茶,改口叫了爸妈。宋时遇爸爸穿着西装,是个仍旧称得上英俊的中年男人,有些不苟言笑,看她的眼神里也带着几分审视,虽然没表现出太过明显的不喜欢,但是也没有太高兴就是了。

温乔觉得这就够了。看宋时遇和他父母的关系也不是太亲近,只要能维持表面上的和气,她也会做到她这个身份该做的。

到了晚上的酒会,就只剩下年轻人了。

温乔换了身舒服的连衣裙,脸上厚重的妆也卸掉了,露出一张舒服好看的素净的脸,她整个人都散发出了和以前不一样的气质和光彩。

婚礼上给温乔敬的酒都被黎思意和穆清两个人给挡了,此时还是有不少宋时遇那边的朋友起着哄来敬酒。

宋时遇面不改色地把敬给温乔的酒都拿过来喝了，然后面带微笑地警告众人："我老婆酒量不好，你们别欺负她。"

顿时引来一阵尖叫和起哄声。

温乔的脸红得像是喝醉了。这晚她只喝了两杯，却一直感觉飘飘然像是踩在云上。

他们吵吵闹闹地一直玩到深夜，宋时遇是被姚宗和另一个朋友架着回到酒店房间的。

姚宗把宋时遇弄到床上，眨着眼对温乔说道："小乔，今晚辛苦你照顾他了。"

温乔把他们送出去，然后走回到床边，看着宋时遇躺在床上双眼紧闭，一动不动，心想，这次应该是真的醉了。

她凑过去看，发现他的脸红得厉害，耳朵和脖子也都红了，但依旧是好看的。温乔想，宋时遇以后就算老了，应该也是一个英俊的老头。

她忍不住伸出手，想要碰一碰他的脸，然而就在她的手即将触碰到他的面颊的时候，他紧闭的眼忽然睁开来，潋滟的眼神直勾勾地盯着她。

温乔吓了一跳，手回缩到一半就被宋时遇抓住了，然后他用力一拽，她就扑倒在了他的身上。

宋时遇被压得闷哼了声，然后又闷闷地笑了两声，说道："好重。"

温乔扑得有点狼狈，又被他说好重，一时间有些恼羞成怒，她瞪了他一眼："你又装醉？！"说着就要从他身上爬起来，结果膝盖刚动了一下，就被宋时遇拦腰抱住，把她压了回去。

第36章 捧星

"别动,让我抱会儿。"他说着,抱着她翻了个身,手脚都缠上来,脸埋进她的颈侧,在她肩上胡乱蹭了两下,闭着眼睛哼哼,"我不是装醉,是真的好晕。"

温乔又心软了,摸了摸他的头:"难受吗?"

宋时遇懒懒地"嗯"了一声,顺便抓着她的手又放回到自己的头上:"老婆,你再摸摸我的头,好舒服。"

温乔愣了一下,以为自己听错了,然后假装自己没听到,就像是撸猫似的,一下一下摸他的头,自己的脸却不受控制地红了。

宋时遇舒服得直哼哼,嘴角都微微翘了起来。

"明天就带你去看我们的家。"

"嗯。"

"你肯定会喜欢的。"

"奶奶和大伯还有平安也会喜欢的。"

"好。"

安静了一会儿后,他突然把她抱得更紧了,带着醉意喃喃。

"我爱你。"

"我也是。"

他皱眉,表示不满意:"你得说清楚,你也是什么?"

温乔有些无奈,但还是翘起嘴角:"……我也爱你。"

"我好爱你。"

"我也好爱你。"

他忽然摸索到她的手,然后紧紧攥在手心里:"你答应我,永远都不会跟我分开。"

温乔顿了两秒，说道："我永远都不会跟你分开。"

宋时遇猛地抬起头来，眼睛也睁开了，眼尾还带着点微红，他蹙着眉头："你停顿了。"

温乔："……有吗？"

宋时遇的眼神变得危险："有。"

温乔开始确定，宋时遇这会儿是真喝醉了，但她还是很耐心地解释道："停顿不代表我迟疑了，而是代表我足够重视这个问题，所以在思考之后才回答你，并不是随口答应。"

宋时遇狐疑地盯着她，几秒后，他相信了，满意地又躺好闭上了眼睛。

过了会儿，他忽然仰起脸嗅了嗅，然后说道："你身上好香。"

虽然知道他喝醉了，但温乔还是有点害羞，耳根发热，她含糊地说道："是沐浴露的味道。"

宋时遇又忽然说道："你闻闻我。"

温乔："……"

宋时遇催促道："闻啊。"

温乔只能凑过去嗅了嗅，然后诚实地说道："酒味。"

没想到宋时遇居然立刻就从床上坐了起来："我去洗澡。"拦都拦不住。

温乔不放心，只好在浴室门口守着，只听到里面的水声哗啦啦地响着，她打了好几个哈欠，眼皮发沉。

好半天宋时遇才穿着浴袍一身湿气地出来，身上带着一股沐浴露的香味。

第36章 捧星

宋时遇把自己的脸凑到她面前:"闻。"

温乔忍着笑:"嗯,真香。"

宋时遇心满意足地就要拉着她回床上。

温乔立刻拽住他,看着他还在往下滴水的头发:"先把头发吹干。"

五分钟后,宋时遇乖乖地蹲在浴室的地上,温乔站在他面前,低头拿着吹风机给他吹头发,他高挺的鼻梁从垂在额前的乌黑发丝间显露出来,拨动发丝时隐约还能看到他的眉眼轮廓,好看得动人心魄。

温乔关掉吹风机,把它放在台上,然后蹲下去,伸手拨开他的刘海,露出他一贯清冷、此时却水雾迷蒙的眼,他怔怔地看着她,她也正看着他,几秒后,她忽然倾身过去,轻轻吻住了他。

宋时遇大概只愣了三秒,就反客为主地吻了回去。

温乔被他从地上抱到台上,在那里和他意乱情迷地吻了许久,又被他抱着回到了房间,两人双双倒在床上,宋时遇又急不可耐地寻上来吻她,清冷的眉眼染上情动时的薄红,性感的喉结上下滚动。

温乔一头乌黑的长发散在洁白的被子上,攀住宋时遇的双手都没了力气,宋时遇渐渐放慢了节奏。

夜还很漫长。

……

第二天上午,温乔腰酸背痛、浑身发软地从沉睡中醒来,她隐约记得,她在彻底丧失意识前,都看见窗帘缝隙里透进来的微光了。

午饭是宋时遇在床上喂给她吃的,吃完她又在床上昏睡了一天,一直睡到了次日早上。

＊

新婚第三天，温乔终于被宋时遇接回了新家。

奶奶他们暂时还待在酒店里，宋时遇先带她一个人回去。

他们的新家并不是宋时遇之前说的一层两户的楼房，而是某个高档小区的独栋别墅。

宋时遇领着温乔参观了一圈，说道："我后来想想，好像还是住这里比较合适，离平安以后上学的地方近，方便接送。奶奶的腿脚不是很方便，所以她的房间我安排在了一楼，后门出去就是小花园，到时候翻整一下，她想种点什么或者养点什么都可以，小区里有个人工湖，还可以去那附近散散步。平安和大伯的房间都在二楼，有一个共同的露台，平安喜欢看书，我给他准备了一个书房，里面有很多他感兴趣的书，还有一个娱乐房，学习累了，他就可以娱乐放松一下。其他的我暂时还没有想到，但是我们先住进来，以后缺什么，再慢慢补上。你觉得怎么样？"

温乔感动地抱住了他："我觉得好得不得了。"

她真的没想到宋时遇会帮她考虑得这么周全，做得这么好。

奶奶他们被接过来的时候，也被这房子惊到了，特别是大伯，满脸的不敢置信："乔乔，我们以后就住在这里吗？"

他看了自己的房间，喜欢得不得了。他在老家的房间采光很不好，但奶奶节省，轻易是不会让在白天开灯的。现在他的房间又大又明亮，还装修得特别好看，床也很大，他都能在上面打滚！被子比酒店的还要轻还要软！而且他总觉得房间里还有股淡淡的香味。

平安对自己房间的反应倒是比较平静，但是看到宋时遇专门为他准备的书房的时候,他也忍不住惊喜地发出了"哇"的一声。这简直就是一间小型的图书馆!里面各类图书都有,还有一张摆在窗边的书桌,桌上居然还准备了电脑和各类文具。

奶奶看到这些安排,欣慰之余,也明白了温乔和宋时遇的用意。她把他们两人叫来,深谈了一番,果然就如同温乔预料中的,她并不愿意一直住在这里,但是同时,她也答应了偶尔过来小住。至于大伯的去留,奶奶说都随他。

看出温乔的担忧,奶奶笑着宽慰道:"你们不用担心我,我跟你宋奶奶都说好了,以后啊,我们两个老的就住在一起做个伴。"

温乔也只能无奈地接受了。目前看来,这已经是最好的安排了。

过了几天,宋时遇把住在酒店的宋奶奶也接了过来。在这里小住了半个多月,两个老人都觉得有些无所事事,宋奶奶记挂老家的麻将,奶奶记挂老家的鸡鸭和菜园,于是宋时遇安排了两个妥帖的人送她们回去了。

大伯如愿以偿地留在了临川。宋时遇和温乔怕他会无聊,还专门给他买了很多绘本放在书房。平安在书房看书的时候,大伯就陪着他,自己在边上安静地看绘本或者玩拼图。

平安和大伯偶尔还会跟温乔一起去店里帮忙。大伯很喜欢热闹,也很喜欢人多的地方,他帮忙上菜的时候,客人对他说一声谢谢,他就能高兴得不得了。

慢慢地,店里的熟客都认识他了,知道他是老板的大伯,因为小时候生病导致智力有些缺陷,他们都很喜欢他,也都叫他大伯。有的客人在APP上点评菜式的时候还会提起大伯,夸他特别真挚可爱,还很热情。

大伯的确当得起这些夸奖，他每天都把自己收拾得整整齐齐的，年轻时候的他很俊秀，现在虽然年纪大了，但是依旧是好看的。他脾气也好，眼神清澈干净，带着一股稚气，对谁都礼貌热情。

而且他认人很厉害，但凡来过店里一次的客人，下次来他就能记得。如果客人告诉过他名字，他还能叫出那个人的名字来，好像是他的熟人一样。对于那些来过几次的、和他十分投缘的客人，他还会一本正经地去跟温华交代，说那桌客人是他的朋友，让加些分量。客人们都觉得很受用。

温乔经常会把那些夸大伯的评论读给他听，大伯听了能高兴好半天。他仿佛找到了自己的人生目标，每天都很有干劲地要求去店里帮忙。发展到后来，甚至有人会专门为了大伯来店里打卡。

一时间，温乔这家小小的烧烤店，居然成了四五路上的网红店，还有不少来临川旅游的外地人也会专门找来打卡，而且给出的评价都很高。

店里的生意是越来越好了，温乔也终于还清了借穆清的钱，还请她吃了一顿很贵的饭。

✻

因为大伯现在每天都在店里帮忙，温乔到了月底还给大伯发了工资，告诉他这是他自己辛苦赚的，让他存起来，以后想买什么就买什么。

大伯收到了自己的第一笔工资，先是高兴得都不知道该说什么好，后来居然呜呜地哭了。

他最怕自己是个没用的人，会拖累家人，他一直很努力地想当一个正常人，可是他自己心里知道，他跟正常人是不一样的。这是他第一次觉得自己跟别人一样是个正常人了，是个有价值的人了，所以忍不住喜极而泣。

第36章 捧星

温乔也不知道她给大伯发工资的意义对他来说居然这样重大,她开始只是纯粹地想要让大伯高兴高兴,看到大伯因为这笔工资流泪,顿时心里一酸,也陪着掉了眼泪。

大伯高兴地用第一个月的工资给他们买了礼物,给平安买的尤其多,有一套很贵的玩具,还有新书包和好多新衣服。他很骄傲地告诉平安,这是用他自己的工资买的。

平安收了礼物,点点头,说道:"很厉害。"

他给温乔买了一条配色很粉嫩的连衣裙,他也不知道买衣服要分码数,只是从橱窗里看到,觉得好看,就进去买了下来。温乔平时是不会穿这么粉嫩的裙子的,但还是高高兴兴地试了,居然意外地看起来很不错。她说她很喜欢,大伯听了很高兴。

他还让温乔帮他转了八百块钱给奶奶当零花钱。之后给奶奶打视频的时候,他骄傲地告诉奶奶自己赚钱了,奶奶也很为他高兴。

至于宋时遇,他得到了一块电子手表。这块表三百多块钱,对大伯来说,是一笔巨款了,哪怕他是有工资的人了,还是很心疼,他纠结犹豫了好久,才下定决心买了。

宋时遇有十几块表,最便宜的一块都要好几万,但是收到大伯这块表以后,他就一直戴着不摘下来了。

姚宗看到宋时遇戴着一块和他的气质格格不入的大表盘电子手表时,眼珠子都快掉下来了:"你这戴的什么东西?改风格了?"

宋时遇还特地抬起手腕让他看得更清楚:"大伯送的,夜光的,羡慕吗?"

姚宗:"……"他不仅羡慕,还有点嫉妒。

于是他晚上去宋时遇家里蹭饭的时候，就问大伯："大伯，听说你发了工资啊，怎么他们都有礼物而我没有啊？"

黎思意正啃着温乔今晚做的红烧排骨，闻言立刻抬起头来："我也没有！"

大伯立刻高兴地表示，明天就给他们买礼物。

宋时遇对大伯说道："大伯，你别破费，十块钱以内就够了。"

姚宗："……"

黎思意："……"

大伯乐呵呵地说道："没关系，小时遇，我还有好多钱呢！"他们平时都对他很好，所以他一点都没有不舍得。

"瞧瞧我们大伯，真大方！"姚宗冲大伯比了个大拇指，然后斜了眼宋时遇，"不像某些人，小气。"

大伯只听出是在夸他，开心地直笑。

平安也抿着嘴笑，他已经习惯家里总是热热闹闹的了。

宋时遇夹走盘子里最后两块红烧排骨，分别放进温乔和平安的碗里，然后似笑非笑地看着对面两个经常来蹭饭的人，说道："你们两个是不是该交一下伙食费了？"

宋时遇结婚以后，姚宗跟黎思意就成了他们家的常客，恨不得天天都往这里跑，主要是来蹭温乔做的饭，而且他们觉得温乔和宋时遇的家特别温馨，比他们自己的家还有港湾的感觉，待着特别幸福。

温乔还很贴心地把两间客房里的床都给铺上了，方便他们留宿。如果哪天做了特别的菜式，还会主动给他们发微信让他们来家里吃饭。

第 36 章 捧星

要不是宋时遇经常"冷言冷语""阴阳怪气",还给他们脸色看,他们一个月起码得有二十天睡在这儿。

姚宗本来觉得宋时遇结婚以后说不定就会后悔,反正他身边结了婚的无论男女,都一肚子苦水,搞得好像结了婚以后生活就变得水深火热似的。

但没想到,宋时遇结婚以后,不但他的生活半点水深火热的迹象都没有,反而人还一天比一天面色红润有光泽。

宋时遇以前就不爱应酬,现在更是一下了班就要回家,说是太太和家里人等他回家吃饭。

因为宋时遇挑食,外面的饭总是吃不下多少,所以温乔空闲的时候,就会在家里做好饭,给宋时遇和平安送去,有时候也会顺便问一下姚宗在不在公司,在的话就多做点,给他也带上一份。

姚宗觉得自己最近跟着宋时遇蹭饭,肉眼可见地胖了,皮带都要往外系一格了。偏偏宋时遇吃得不比他少,还特别不爱动,但是却一点都没胖,简直要气死他。

怪只怪温乔做的饭菜太好吃了。

所以在温乔提出想开一家私房菜馆的时候,姚宗立刻表示要入股:"你只管选地方,资金交给我来负责!"

宋时遇凉凉地笑了一声:"你觉得需要你吗?"

姚宗立刻说道:"怎么就不需要我了?这是人小乔自己的店,自己的生意,万一以后离婚了……"

姚宗话还没说完,就被宋时遇阴冷危险的眼神给吓得憋了回去。然后他就被宋时遇下了禁令,不能再去他们家里蹭饭,至于禁令什么时候解除,那得看宋时遇心情。

这个小插曲并没有影响温乔的步调。她现在把烧烤店交给温华打理,自己则开始做详细的计划,她已经有了一家店,很多弯路她都已经走过了,所以这次就便捷许多。

温乔晚上会用宋时遇的书房写计划,宋时遇就坐在小沙发上看书,随口问温乔要多少资金,他好提前帮她准备好。

结果温乔拒绝了:"我现在还只是在计划中。我想等自己存够钱了再开,现在店里生意挺好的,如果没什么意外的话,应该明年就能开了。"

宋时遇心情突然很不好,他合上书,皱着眉看她:"我们都已经结婚了,你还要跟我分得这么清楚吗?"

温乔知道他生气了,连忙放下笔,走过去挨着他坐,她挽着他的胳膊凑过去,专挑他喜欢听的说:"怎么会呢,你的就是我的,我的就是你的,怎么分得清楚?我只是觉得这是我一直以来的梦想,我想尝试着自己去完成它,你能不能满足我这个心愿?"她一边说,一边眼巴巴地望着他。

宋时遇心情好多了,但脸上还是冷冷的,他轻哼了声:"你的意思就是你的梦想我不能参与?"

温乔说道:"当然能了!我都想好了,到时候店名让你来取。怎么样?这可是最有意义的了。"

宋时遇果然满意了。

温乔见把他哄好了,就准备继续回去写计划了,刚从沙发上起身,就被宋时遇一把拽了回去,宋时遇把她抱到大腿上,就要来吻她。

温乔躲了一下,有点脸红:"我还在写计划呢!"

第36章 捧星

宋时遇把她的脑袋扳过来："不是说明年才开吗？急什么？"说完，已经将她吻住。

✦

晚上睡觉的时候，温乔都快睡着了，忽然听到宋时遇说道："叫'温宋小居'怎么样？"

温乔强撑起眼皮，含糊地问了一声："嗯？"

宋时遇说道："店名，'温宋小居'，你的姓加我的姓。"

温乔忍不住笑了一下，又闭上眼睛："你一直在想这个吗？"

宋时遇说道："怎么？你觉得不好吗？"

温乔摇摇头，往他怀里蹭了蹭："'温宋小居'……"她喃喃念了一遍，翘起嘴角，"我觉得很好，就叫这个名字吧。"

宋时遇笑了一下："这么快就定了？"

温乔懒懒地说道："我很喜欢啊。"

宋时遇低下头，在她额头上亲了两下："那就叫这个了。"

温乔也费力地抬起脑袋来，嘴巴在他下巴贴了贴，然后把脑袋重新蹭进他的下巴底下，微笑着说道："好。"

她意识渐渐模糊，只隐约听到宋时遇还说了几句什么，但她实在太困了，很快就陷进了甜梦中。

梦到"温宋小居"生意很好。

她赚了很多很多的钱，给奶奶在乡下盖了一栋大别墅。

她还梦到自己又回到了少年时期。

她第一次见到宋时遇时的场景。

黑发黑眸的清冷少年从窗边转过头来,那一瞬间,她心脏漏跳掉了一拍,紧接着疯狂地跳动起来。

　　梦里有一颗耀眼的星星划过夜空,最后坠落在山里,她在黑夜里奔跑了很久,终于找到了那颗星星,她走过去,将它捧进了怀里。